奎文萃珍

漢劉秀雲臺記
張子房赤松記

[明] 蒲俊卿 撰
[明] 佚 名 撰

文物出版社

圖書在版編目（CIP）數據

漢劉秀雲臺記 / (明) 蒲俊卿撰. 張子房赤松記 / (明) 佚名撰. -- 北京 : 文物出版社, 2022.6
（奎文萃珍 / 鄧占平主編）
ISBN 978-7-5010-7422-8

Ⅰ. ①漢… ②張… Ⅱ. ①蒲… ②佚… Ⅲ. ①傳奇劇(戲曲) – 劇本 – 作品集 – 中國 – 明代 Ⅳ. ①I237.2

中國版本圖書館CIP數據核字(2022)第017929號

奎文萃珍
漢劉秀雲臺記 〔明〕蒲俊卿 撰
張子房赤松記 〔明〕佚 名 撰

主　　編：鄧占平
策　　劃：尚論聰　楊麗麗
責任編輯：李子裔
責任印製：蘇　林

出版發行：文物出版社
社　　址：北京市東直門内北小街2號樓
郵　　編：100007
網　　址：http://www.wenwu.com
經　　銷：新華書店
印　　刷：藝堂印刷（天津）有限公司
開　　本：710mm × 1000mm　1/16
印　　張：16.25
版　　次：2022年6月第1版
印　　次：2022年6月第1次印刷
書　　號：ISBN 978-7-5010-7422-8
定　　價：90.00圓

序言

《漢劉秀雲臺記》，全名《新刻全像漢劉秀雲臺記》，二卷，明蒲俊卿撰；《張子房赤松記》，全名《新刻全像點板張子房赤松記》，明無名氏撰。兩書均爲明萬曆間金陵唐氏文林閣刊刻的明傳奇劇本。

蒲俊卿，生平不詳。別署江右散人，疑是江西人。《漢劉秀雲臺記》演劉秀中興漢室故事。其主要情節爲：西漢末年，王莽專政，漢室宗親劉演與諫議大夫馮异上表劾奸。平帝不聽，下演于獄，馮异被外放。不久王莽藥死平帝篡位，劉演在獄中自盡，全家人被殺，獨弟劉秀逃出。劉秀途遇富户陰大功，陰以女玉秀嫁之。劉秀別妻至信都，因他人之薦，往富春山請鄧禹、嚴光。拜鄧禹爲軍師，遂起兵，與王莽大將巨武霸戰。敗績。鄧禹招赤眉樊崇助戰，又得郅鄆、馬援等豪杰，遂殺巨武霸，直搗長安。王莽敗死。劉秀登基，建雲臺，封鄧禹、馮异以下二十八將爲侯，列其姓名于臺上。

《張子房赤松記》演西漢開國功臣張良故事。張良爲韓國貴族，欲報秦滅韓之仇。適秦始皇東游，張良遣力士于博浪沙以鐵椎狙擊之，誤中副車。張良逃避至下邳，在圯橋爲黄石公進履，乃得黄石公所授兵書。會劉邦斬蛇起義，張良往投之，拜爲軍師。項羽設鴻門宴，張良用計引劉邦先回，復送玉璧、玉門給項羽、范增，范增忿而疽發于背而亡。張良又向蕭何引薦韓信。劉邦拜韓信爲大將。漢軍擊楚，圍項羽于垓下，張良命士兵作楚歌，楚軍兵散，項羽自刎于烏江。劉邦登基，張良功成身退，往終南山從赤松子游。旋聞韓信見誅，蕭何系獄，不禁慨然興嘆。最後張良得道，列名仙籍。吕天成《曲品》列之于『中中品』，評曰：『留侯事絶佳，寫來有景。但不宜抄《千金記》中《夜宴》曲。且此何必夜宴也？如許事而遣調不煩，亦得簡法。倘更以詞藻潤之，足壓《千金》矣。』

兩書明刻均僅見唐氏文林閣本。文林閣主人爲唐錦池，有『唐鯉耀文林閣』『唐鯉耀文林堂』『集賢堂唐錦池』『唐鯉耀集賢堂』等名號，爲明代金陵著名書坊，刻書甚多，尤喜刻戲曲題材的版畫。《雲臺記》《赤松記》各有雙面對連式插圖六幅，繪刻精細，風格富麗典雅，此异于金陵富春堂、世德堂版畫的粗豪、辛辣之風，殆受徽州版畫影響所致。

編者

二〇二一年五月

新刻全像點板

金陵唐氏藏板

劉文叔雲臺記

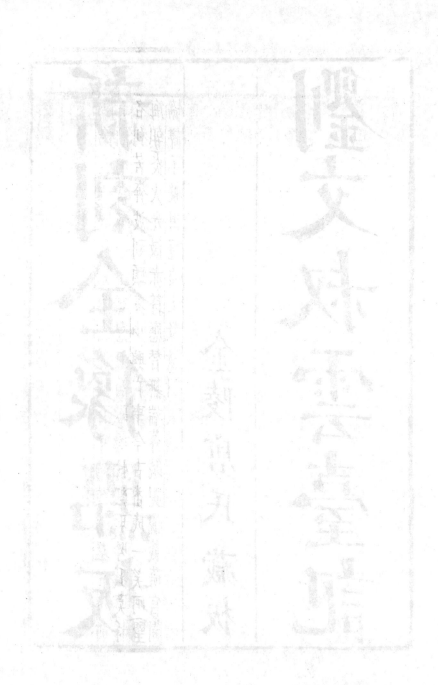

新刻全像漢劉秀雲臺記上卷

第一出

鷓鴣天〔末〕眼底光陰去似梭百年駒隙易蹉跎樽前有酒須當醉心上無愁且自歌尋快樂取吟哦莫將名利苦奔波到頭多少興亡事今古都成一笑呵〔望〕海朝炎火光微赤符應讖無端莽賊覬覦篡竊宮闈協謀不軌掛冠貞士欲歐材天潢劉演敢批鱗折檻横禍先罹椒觴進酖二百年漢祚竟遺移那更摧殘忠義劉文叔逃逸邂逅佳期白水奮然倡義微鄧禹翼贊兵机會雲龍風虎得除凶勦逆懲伏鴻基臺閣用酧國士重覩漢威儀

王巨君跋扈逾神器　劉伯恒剛毅敢批鱗
鄧仲華運籌匡帝業　漢光武封將王中興

第二出

高陽臺引〔生〕裔本炎劉宗原漢胄冠裳早已歸休兄弟怡怡夫妻繾綣萱花一種忘憂退隱林泉事若何比隣桒栢幾年過

煌煌書錦榮門巷蕩蕩春風佈舊家閑散澹且消磨堪誇萱室保天和忠臣未得扶廊廟喜听兒童戴道歌下官姓劉名演字伯恒大漢長沙定王劉欲之長子昔薦爲孝廉擢官拜諫議自父王喪後因見老母猶恐報恩日短乞恩歸省養親終母餘年古云一日養不以三公換正此之謂兄弟劉秀字文叔年方弱冠學業深明我看他容貌魁偉志氣軒昂真個虎子龍生可繼吾宗之燕翼相門將種能追上古之鴻裘夫人孫氏雖受霞冠能全井臼今日乃是母親壽誕之日已曾分付安排筵席以介眉壽兄弟既翕和樂且就正是侍親以得家庭慶愛國常懷社稷憂院子那里（末）華堂開壽宴玉盞泛瓊漿（生）曾分付安排筵席如何（末）已完備子（生）去請二爺出來（末）二爺有請

引小（生）門上桃符新換舊報道春光就千紅萬紫錦凝聠園內芬芳如秀（小生）哥哥拜揖（生）兄弟到來可請母親稱壽（小生）拼親嫂嫂有請

引老（旦）鳥弄嬌聲人閑青晝易擲光陰馳驟（占）中饋未能遑侍蘋蘩免曠婦箴（介）萱親長壽年年花前共祝

（生）啓告母親得知今日母親壽誕之日兒媳聊具壽酒一盃與母慶壽（老旦）正是孝順人間寶清閑值萬錢

錦堂月（生）柳鞞晴烟花含香霧千金難買春天美景良辰人堪對景歡忻喜萱花煥節呈芳圖棠棣連枝生艷（合）鶯聲轉但見五色雲中王母乘鸞

（生）又（小）惟願親壽彌堅南山高聳年年海屋添籌柳媚花明和氣暖舒人面洞天中寶鴨香焚朱檻外湘波簾捲（合）前

（旦）又 微賤晝錦叨沾萊衣共舞持觴彩袖翩翩中饋羞持晨昏定省無倦喜昨宵寶婺懸明幸此日蟠桃呈獻（合）前

（又）（老旦）分淺早歲離鸞朱顏已改撑持幸有蟬聯蘭和同還期繼美承前須祝我鶴遐齡惟願你鵬程高遠

（合前）

（生）醉翁子堪羨太平世文脩武偃喜解組閑冠退隱林泉（小生）歡忭且同向堦除齊奏塤篪列管絃（合）排家宴願吾親福海滔滔壽筭綿綿

（又）（老旦）酧勸頻斟壽酒濃光瀲灔且頌祝華封猛㩦留戀（占）施展抱滿腹經綸忠孝須當要兩全（合前）

（生）僥僥令春風生蒲面花柳鬬爭妍但願晝錦堂中歌聲亂堦下列兒孫舞袖懸

（又）金童斟壽酒玉女奏詩篇可喜母子夫妻兄和弟

骨肉永團圓值萬錢

尾聲從教玉漏催銀箭不覺樓頭日似偏願享遐齡壽萬千

琥珀盃中酒更添　廣將琴瑟奏堦前
今宵東閣排生會　醉倒長春洞裡仙

第三出

（引）（淨）志與泰華齊量納滄溟浩已將功業擅蕭曹大塊歸吾造

戰袍尤帶血痕腥數載高懸海內名前隊貔貅衛曉日後車驚燕雜春聲下官姓王名蟒字巨君大明元城人也官拜樞密院使左丞相威鎮華夷扶漢主十萬甲兵掌握令迅雷霆三千虎賁听驅聞聲皆宇宙富貴無雙一端不足我想平帝幼弱釣軸無能我欲圖霸業柰群僚蜂列未敢擅舉如今欲將我女羅祥進為正宮倘蒙寵納以為內應取其大事旦夕可成且請夫人出來商議可行此事叫梅香請夫人

(旦)引 蓮步輕移香風動處夫婦齊眉一雙鸞鳳和鳴(見科)
(凈)覇業圖王志未酧欲尋机㲄恨無由意將吾女爲
皇后內外相應事可諆(旦)得好休時便好休莫將閑
事掛心頭浮雲富貴皆無用到底無常萬事休奴家
請問相公你官居宰輔位顯臺堦無端而常蹙眉頭
因甚而日縈心曲樂處添吁未聞何故(凈)夫人我想
鵾變爲鵬魚化爲龍我有昂昂志氣豈可久爲人臣
子欲將我女羅祥獻上平帝內外相合
以圖大事請你出來商議意可何如
(惜奴嬌)(旦)位極公侯享凿鍾厚祿福並山丘交接屯
雲流水往來皂盖朱幡門迎朱履戶納貔貅前呼後
擁多叢簇只富貴君當自足相公你今日這等呵似虛舟把風
帆牢繫免得失楫中流
(又)(凈)休謬我志返伊周肯屈身久居人後要鯨吞宇宙
掌山河易如嚙手如今內外皆鈞軸使大業要歸吾

後你休憂言三語四唧唧啾啾（旦）相公你出草茅而至公卿受金魚玉帶執鉸鞢享富貴榮華有列鼎重裀富貴以極何故又起謀心取人怨忿甘棄沼魚苑鹿之遊自取畫虎類犬之辱當所良言休生橫禍（淨）夫人我請你商議大事如何反阻我（旦）夫民所怨者天所去也民所恩者天所與也舉大事當下順民心上合天意功乃可成若負強恃勇觸情恣慾雖得天下必復失之（淨）吾志已決汝勿多言

香柳娘（旦）把良言再囑把良言再囑休得心生僝僽百年夫婦期長久你休要妄求妄求似飛蛾自把燈投失身怎生救念區區淺陋淺陋須沒大人謀得安逸且輕就

（又）（淨）恨伊言挺闘挺闘你好輕言閑口不由人怒氣難消受你本裙釵女流女流怎識丈夫謀花言巧相誘

把鴻基冉構冉構我若登王基汝當爲國后
〔尾聲〕（旦）良言逆耳君當受（淨）我意定你何須迤逗（占）
只怕畫虎不成反類狗
心上休將荊棘生　耳邊不聽牝雞聲
恐君命薄無多福　有志何愁事不成

第四出

（引）（末）位列朝班職居冉冉爲君憂無能佈擺徃自有門

迎官蓋 一點丹心托上蒼欲將忠義報君王只因當道多豺豹無計除奸學杜房下官姓雋名異字公孫頴用傳城人也官拜諫議大夫眞個君恩垂賜臣節盡規古云人無遠慮必有近憂不料王莽欲貽漢室將女羅祥進上平帝納爲正宮實爲內應當朝文武皆是就手傍觀誰肯致身爲國我欲剪削繫無恨乏羽翼我有一故友劉演昔亦爲諫議大夫官省林下此人裔本天朝志懷忠烈不免邀他一同上表除奸正是雖無三傑擎天志也盡傾葵一點忠吁左右把火牌發到華陵驛

水底魚（末）為國多憂多憂烟塵蒙冕旒須施經濟要將君義酧義酧（又末）蟒欲貽劉貽劉蒼生塗炭愁恨無羽翼難將援扈妝扈妝（丑扮驲丞上華陵驲驲丞接爺）（末）起去今晚就在驲中安住教驲丞拿帖子到白水村中劉爺處投下你到博城馮爺拜（丑）須釣旨

暫任郵亭一解鞭　明朝輕造故人軒
只因為國無梁棟　夙夜遑遑更勉旃

第五出

（引生）林下有餘閑胸臆無繁患（小生）芸窗多少聖賢書堆凡潛心覽（小生見科）（生）棠棣聯芳日萱花疊傲時（小生）願將烏鳥意荅報寸心暉（生）兄弟我解印歸田希圖奉母汝青年正妙正宜出事君王古云年將弱冠非童子學不成名豈丈夫你常留心翰墨休負光陰（小生）哥哥兄弟雖居富貴敢負溫飽如今文武兵書皆以博覽中間還有不明之處望兄指教

精微（生）還有何書不明（小生）春
秋上有幾篇（生）取春秋過來

（桂枝香）春秋大典義雖襃貶古來道烈士忠臣堪比
精金百煉春秋褒貶爲義聖人作春秋而亂臣賊子懼之即亂臣賊子
亂臣賊子人人得而誅之人人共怨夷宗誅遣上古以來惟有文王夢兆飛熊請得
一軍師名曰姜呂望扶勛一戰而寬天下慕前賢呂望扶周室重興八百
年（小生）這一本乃孫子兵法

（又）兵家規煉要隨機應變兵貴齊而不貴多多則亂也常言道將
在嚴齊又恐兵蘩則亂論孫吳韜畧韜畧孫子曰凡人用兵先
明攻守那攻守須善虛安實險（生）兄弟兵書雖有反不如飽看論語（小生）哥哥
此乃童蒙小書看他有何使用（生）宋朝趙普明論語半部平治天下趙公言治國平天
下童蒙半語問（丑上）領着公卿命來投諫議家無人在不免逕入則個（生）那里來的（丑小

宣乃是華陵驛驛丞傳城馮爺有書
府上老爺(生)賢弟回來(小生下科)
(引)(末)暫住鳴騶且喜到故人門右(生接科)(末)別後音書杳闊河道路長(生)草
堂今巳絕風雨昔連床(末)春草全無夢秋鴻頼有書(生)幸有車馬過門巷倍生光(生)下官久居林下不聞
朝中治亂之政如何今日光降有何佳喻(末)劉大人下官到府非爲別事容稟
(風入松)皇王恩寵重丘山竊君祿恥爲素飡只爲權
臣悞國民塗炭如今王莽欲謀漢室將女羅祥進上我皇巳納進羅祥深爲
內患朝內臣僚鉗口結舌畏死貪生我一人雖有砭毒之心恨無羽翼大人你戀戀於親能酹罔極
君上之幸豈忍坐視君去同赴金鑾學折檻諫親頹
(又)(生)親年衰暮景西山因此上退省娛歡居田常切傾
頹患奈無旨不俟駕驂蒙君屈即當趨難待明日呵辭親
舍人朝班

（又末）羈因空自戴南冠豈忍螭蚌相殘要鋤奸惡把嬌娥貶竭忠義卧薪嘗膽臣死節要扶炎漢追伊呂慕朱顏

（又生）包屍馬革死何慚運終身國步危艱狂犴左袵人爭讚攄忠藎當效比干漆身的要排君難葵向日寸心丹（末）馮大人今夜就此草塲同做表章如何（生）正合愚意當值的看燈書房裡去

（懶畫眉）（生）凌夷漢室運頻連正值讒臣獨秉權一封朝奏九重天但願聖主垂清聽麗日消氷在眼前

（又末）從來忠孝兩當全取義成仁古聖言明君厚祿感無邉各辨葵心并赤膽要與黎民解倒懸表章寫完小官先到華陵驅苛候（生）下官拜辭老母即當同往

寫下封章奏聖明　要除奸佞立忠貞
願教朝内無繁患　鷄犬無聲賀太平

第六出

【引】（老）一番雨過堦下亂紅零落（小生）窗前風靜愛日萱花安妥（占）無情杜宇喚聲多隔村外曉烟啼破（夫）迷香粉蝶花間躲啣梛埋頭在左誰言鸚鵡有良言只為能言遭繫鎖（旦）親母年衰鬢已皤良人久節冠裳累（小生）書窗覓句在春秋今古讀謀有妝頗（夫）兒昨日甚麼官員來看你哥哥（小生）是馮異大人（夫）來此何幹（小生）待哥哥回來便知端的

【引】（生）草罷黃麻欲把棟梁撐駕辭親舍一鞭竟抵京華見科（夫）兒昨日馮大人到此何幹（生）母親解印冠裳頗得林下之樂隱棲畝畝常懷廟廊之憂今皇上無道聽信讒言寵王蟒作外御納羅祥為内后念孩兒況派劉宗豈忍坐視天墜昨日蒙馮大人至此相邀上表與兒同諫夜來做本表章去王蟒之誅遠羅祥之色振肅紀綱匡扶社稷未敢擅行禀過母親方敢

前去(老旦)兒你請冉子之粟孝能侍母辨杲卿之舌忠欲酹君況且奸雄肆志家國凌夷恐中流失楫船漏江心兩事無成補將何及(小生)哥哥羙裕華風正綱常之大與揚清激濁分涇渭之源流但恐正邪二氣氷炭不同或生利害不可視與等閑兒弟我喬聯帝冑祿竊鼎鍾理當肝胆誅奸豈可素飡尸位(占)妾聞危邦不入亂邦不居此行猶薰蕕不合鵶鵲同棲君無納諫之明讒有嫉賢之譖那時節既不能忠于國又不能保于家所爲披簑救火覆水難收妾無遠見君當量(生)爲大事豈不顧家如今賢良退隱奸佞盈朝若不剪芟荆棘安得培植材梁我意已決不必再得多言

【擢拍】(生)忠君命遠趨帝京撇親顏暫睽奈國步艱危艱危兄弟順志承顏旦夕不遠夫人婦道蘋蘩獻藻亨葵(合)排國難視死如歸言激烈膽橫披

(又老旦)攄忠藎上答帝畿展經綸下救庶黎嘆國祚傾頹傾頹砥柱中流岩廟撑持輔佐皇廷殄滅梁魁(合前)

（又）生（末）吾兄去扶顛植危月要鋒輕勒虎鬚若操堅持堅持身在林泉安不妄危削草除奸日轉天囘（合前）

（又）（占）懷君德忠當報君食君祿安敢避危要除魍魎魍魎魍懷寶迷邦龜匱藏珠虎窟龍潭萬里驅馳（合前）

（一撮棹）（生）兒今去心切慮庭幃（老旦）風塵迥只慮你苦奔馳（占）書頻寄免使倚門閭（小生）除奸佞輔漢王畿（合）但願功成就衣錦還鄉閭圖形像名節萬年垂

（尾聲）辭家護國人臣理菽水供調我自持但願進直除奸保聖畿

萬里驅馳探虎狠　早將封疏奏君王
願天垂聽忠良語　一掃權雄振紀綱

第七出

縷縷金（末丑雜上）馳驛去莫停留向君陳悃[illegible] 上皇休若

得除奸佞朝無怨尤爲江山千載立皇圖望天總相

佑望天總相佑（末）劉爺怎麼還不到（丑）想必劉爺到了

（又）辭親舍覲宸旒遥瞻天五尺錦雲浮幾載忘却只

官道何當再遊奸雄跋扈欲欺君忠烈怎生救忠烈

怎生救（末）（生見科）（生）馮大人昨日有慢（末）不敢夫馬齊備了就此起程

朝元歌（生）平原烟嗔曙色迷将定遥村霧嗔靄氣浮

初進馬足車聲連纖馳騁堪嘆行踪不定爲國憂心

長安上書諍諫君草表奏皇廷要除奸佞臣（合）遥瞻

鄉井何處是吾廬三徑

（又）藹藹和風幾陣紅塵滿向生村社有餘情牧唱樵

歎使人自省若論爲人臣子當盡忠貞致死怎辭[illegible]
芻烹腹內有葵心須當向日傾（合前）
（又生）行過危橋曲徑黃花蒲路馨暗想昔日淵明解印
松栢猶盛我今冠裳卸乂又蹇風塵忘家爲國何足
惆要把綱紀存還將涇渭分（合前）
（又末）回守紅輪漸瞑歸巢鳥亂鳴茅舍掩柴扃白叟黃
童縱橫引領怎學得田家夫婦無榮無辱團圓白首
樂一生漁父下絲綸網羅鰲與鯨（合前）（末）今日天晚不免暫且驅中安
下明早面君

莽賊欲移漢祚　群僚枉被羈囚
明日一封朝奏　願君納諫如流

第八出

（引）（占）鴛鷺同群鳳鴉作隊自恨惜此身裙釵愚質怎效
提縈難如西氏（旦）夫忠義探龍淵虎穴肯畏身流離
顛沛（菩薩蠻）（占）兒紓救國擎天手欲覓麟鴻何處有
廷顯太平（旦）愁耳厭聽梟鍾聲出麗樵（占）媳婦只見
月華皎潔夜色清幽惟念孩兒此去不知吉凶何如
我與你同到花亭之上對月燒一炷心香禱告天地
神明願祈早滅奸雄免得生民塗炭二來祈保你夫
夫身安無事寬奭皆清多少是好（旦）婆婆又道天相
吉人福臨善地雖然謀事在人還望穹蒼垂庇（占）移
步瑤臺上焚香告明月（旦）
此情輕訴語尤恐驚烏歇
（黃鶯兒）（占）萬里暮雲收爇沉檀滿爐獸虔誠姑婦通
心疏權臣肆謀邦家寇仇兒身遠出總賴神明佑（合）
覲宸旒封章直奏納諫願如流
（又）（旦）大上帝皇州痛蒼生塗炭愁無能討用要離手晨

昏禱求天開兩眸夫讒遠色休迤逗（合）

〔簇御林〕（占）薰風微暑氣柔見銀蟾照九洲願君心如月光明透把纖毫洞鑒無差謬（合）仗呉鈎𡈼陰馳鬼使礫殺賊心頭

（又）（旦）詹鈴鬪妾轉變對瑶空拜斗牛此情未解天知否念君臣壘卯誰能救（合）

國變臣多慮　兒離母更憂
重門難鎖夢　夜夜到皇州　並下

第九出

〔出隊子〕（净）晨鍾纔動武將文官出殿東紫微相映赭袍紅五色雲中駕六龍職掌絲綸覲朝聖躬金闕曉鍾開萬户玉堦仙仗列千官花迎劍珮星初落柳拂旌旗露未乾自家王蟒是也今當早朝不免在此伺候

（生）（又）御爐香送初響鳴鞭鼓數通上林春色曉蒼葱珠斗爛班日漸紅肝膽披肩來冒聖躬鵞序鴛班武共文今朝好俟要分明願期天子如堯舜遠近歌聲載道聞自家劉演是也正當早朝時分劉大人請了（末）天庭遙遠臣才陋淺面彤闈北面跪把忠言直諫伏念取聽臣宣自家馮翼是也（內云）何臣跪拜金鑾有何文表奏聞

（入破）（生末）臣劉演頓首拜啓臣馮翼冒干死罪伏乞天番聽取念臣早居田里護國無能食祿有愧臣思派在皇宗裔願享天齡千秋萬歲臣等常懷社稷憂恐頹綱紀又聞得朝野閒黃童白叟瑶言語道吾王寵王蟒納羅祥皇圖傾廢臣恐大廈將傾一木應難撐立豈恐見坐視顛沛願吾王追學先皇帝堯舜禹湯

文共武明良治世憂傑暴無仁義酒肉池林勞民使罪武王欲伐紂臣夷齊諫不聽甘餓死首陽山底其國天亡悔將何及楚平王寵無忌納無祥失江山皆因爲此臣肯做畏死貪生素飡尸位無策斷鰲足撑扶四極煉青石補修天隙乞聽臣言除奸進直勇王蟒貶羅祥臣黎庶喜保江山正變俗天心順取念微臣激切屏營之至（内云）聖上見奏鑾駕回宮（生）吾王不准表章怎做得納諫如流（淨）樓下諫官好絮煩（生）那樓上是何人（末）就是王莽（生）原來是他待我問他那樓上何人（淨）豈不曉得我是王國公（生）原來是你你在樓上有何幹（淨）陪宴（生）陪宴自有文官何用你武臣（淨）聖旨宣召你待何如（生）上面非說話之所你可下來（淨）待我下來劉大人請了（生末）請了（淨）大夫你乞恩休養無命歸朝憑畏你非專論怎敢謗毀皇親是何道理（生）王莽奸佞賊你若進國后合與衆文武商議總是你擅自妄爲是何主

意(淨)呀不孝有三無後爲大進羅祥也爲國家扶助
江山使萬民有舟況承君命而立何爲欺罔你不奉
詔而入朝豈是忠良輕薄閶闔輒敢如此挺撞(生)平
君年尚幼何爲不孝有三你惡貫盈眞個當誅九族
逆羅祥實爲內應之機覇朝權果有外謀之意覆載
難容鬼神不佑(末)王莽你無輔佐之才僭稱柱石實
懷叛謀之意罔作皇親人神共怨天地同誅(淨)焉異
你螢居腐草怎照遐荒之遠蛙潛井底安知宇宙之
寬只恐求榮反受辱喪命悔之遲(生)王莽你道漢家
天下容易而得的麼料你也不曉得站定所我道來
北端正好(生)俺想漢高皇創立乾坤到如今封疆鞏
定誰想國將傾遭逢你這讒佞進羅祥深爲內釁我
與你做對頭辨別分明
(又淨)俺本是國戚皇親你是個閶闔僥倖論言議專非
內省比你做鴉居野樹敢與我彩鳳同爭只怕君王
反轉時常性項刻風波平地生交你有口難分

（末又）我本是一片盡忠心保國安寧到反被奸邪欺譖
你若不早回頭只教你補漏船到江心那時節臨涯
勒馬收韁晚猛虎逢羅怎轉身有命難存
（生又）俺這里視死如歸不顧身保江山萬古標名我就
是退毛鸞鳳入鷄群恨不得執簡相持㨶死讒臣待
怎生（我王呵）你做得納諫如流堯舜君那時節敗了國
忘了家我看你山崩天瀉實難撑那時節方顯得我
是忠貞（內云）皇上有旨道寵納妃嬪出自朕心卿等
勿因閑隙僚友相戕紊亂朝儀殊非國法各
宜退班（淨）且作痴呆漢權爲懵懂人（下科）（末）劉大人
君王不听且退朝班另日再奏（生）烏鵲焉能與鳳儔
包尸馬革死何羞泰山傾倒無由救耻作襟裾一馬
牛（並下）（淨上）叵耐這賊將何挺撞他無旨歸朝分明
欺君之罪不免進入後宮劾奏將他害了豈不是好
只教他披簑衣來救火惹着自燒身（下）（生末上）君如元

着臣若服肱要防利害枉受天恩馮大人我王不納
奏章反與這賊爭辯一場我還挺首死諫如若不听
觸階而死免得眼前國忘（吉內云）奏事者不得升殿
就此听旨君王納毋方姓有親今有劉演久蒙省養
親又無天詔私自入朝明有欺君之罪柳且惡言壢
君着落錦衣衛將劉演如法因禁天牢再問馮異妄
言禍福貶爲信都刺史諸臣再可言諍者即時誅戮
爾等肯知望闕謝恩（丑衆人上）九重天命下三法寺
閑來（鄉）
（生科）

憶黑麻（生）心似烈意如蝎指望除奸進直把羅祥滅
誰料孤忠受磨折（合）奸臣懷協忠良遭覆轍（嗳）幾時
得轉日回天把奸讒盡滅
（又末）天柱折地徹裂爲臣此恨何由絕不斬奸邪我心
怎慊（合前）

一點葵心向日傾　豈知忠直受牢刑
删通户在何愁死　呂后謀多不再生

第十出

（淨上）金魚玉帶應三台將相還須蓋世才我本無心圖富貴那堪富貴逼人來前日因爲劉演誹謗于我反被我奏將他各處一罪朝中諸大夫皆不敢言自古道先下手爲強我想大事當要成了怎奈未得其機前日蒙藴獻將軍許我討成天下以着差人請他來商議怎的不見來（丑上科）富貴無根蒂人求方得來老天如有意決不負良謀自是藴謀是也今蒙王國公相召不免進見則個（見科）王國公在上容小將參拜（淨）藴將軍行常禮罷（丑）蒙國公呼喚小將不知有何分付（淨）滿日蒙你許我大事計將何在（丑）小將夜來想得一計明日乃是皇上千秋之會國公造鴛鴦壺一把一邊盛好酒一邊盛藥酒親奉吾王藥死平常我帶劍在傍不怕衆將不服小計呈上望國公參詳（淨）此計極妙明日全仗將軍我若得天下你當爲元宰（丑）安敢望此

【鎖窗郎】（淨）謝將軍妙筭神機設良謀計果奇暗藏鴆毒潛奪皇基把山河獨掌方全吾意（合）我和伊從空

設下牢籠討他有雙翅也難飛

（又丑）羡明公龍準鳳眉定朝綱正此時來朝金殿拜賀

皇儀管交傾刻風波平地（合前）

設就機關討又奇　一盃鴆毒暗藏機
降臣寵渥加官爵　逆者定教劍下誅

第十一出

（外引）蓬萊宮闕對南山日逺龍鱗識聖顔（末）西望瑤池降王母東來紫氣滿函關（外）下官王朗是也（末）下官樊崇是也今乃萬歲千秋之日特來稱賀

（小生引）百轉流鶯滿建章京都春色曉蒼蒼（丑）共沐恩波鳳池裡朝朝染翰侍君王（小生）下官魏文是也（丑）下官馬公是也今日千秋之會特來到此朝賀（衆）請了道猶未了聖駕早到

北賞宮花（占扮皇上）紫殿春深鶯報曉聽鳴鞭玉堦喧闐

御爐香繞彩扇相持豹尾雲龍形陛冊墀群英贊皇

眾）祈禱拜祝聖明朝萬歲如山岳際唐堯東海南山

壽無疆考（占）紫殿玲瓏映水晶螭頭堦下立公卿扶衰高掛懸弧矢願得乾坤日日新寡人平帝是也今日乃是寡人聖誕之日已曾分付光祿寺整備御宴宴賞群臣叫內使取酒過來

梁州序）懸弧初旦飛瓊供宴長庚光彩中天華嵩記頌千年衍緒綿綿但見函關紫氣玉戶紅光駕擁雲屏現螭頭形陛下列英賢晝祝山呼萬萬年（合）玻瓈進駝峯獻與群臣共賀金鑾殿瞻舜日仰堯天

（又）霞漿光泛蟠桃香薦旭日扶桑高展欣逢初度御袍擺出龍筵聽得雲簇迭奏霓幔蹁躚瑞藹浮金檻

文移成北蒙照樽前頓首誠惶賀聖年（合）（前）

（又）樂雍熈朝野千宣喜昇平咸清海甸羨龜齡鶴筭似海涓涓惟賴一人有慶萬壽無邊疆考常康建皇圖祈鞏固享遐筵頌作靈椿不老年（合）（前）

（又）賴宗皇億兆流源施惠愛草木同沾仗天心扶翊圖範呈聯但見青鸞附札白鹿啣花侍從神仙眷萬民欽盛世寧武偃文脩樂永年（合）

撲燈蛾 詩翻彩袖徧香裊黃金篆衆仙同拜舞環珮鏗鏘北面也引霓旌羽扇雙扶鳳輦下瑤天（合）頌吾王日新不變坐明堂無窮福海壽山巔

（又）六宮寶炬燃萬里絃歌遍君臣同勝會犒祿自知

不安

恩重也擺冠旒儀從恍疑身世在壺天(合前)(净)帶蕉獻上(净)心欲圖王業機關暗裡藏鴆酒方下咽一命必然亡今乃

吾王千秋之日自造佳醞之酒與王添壽吾王萬歲

(占)愛卿今日慶壽之際眾卿皆在為何來遲(净)萬歲

壽誕臣自造美醞與王添壽(占)既有美醞斟上來

【滴溜子】(净)拜金堦金堦恐懼悚惶捧玉盞玉盞波璃

蕩漾上仰天威勝常徘徊頓首萬民歡暢醉飲何妨

東山月上(占)寡人醉了眾卿散了慶罷蟠桃散八仙子簫聲裡彩雲翩龍樓鍾盡青鸞去小會

長春八百年(占下件)(眾)聖上吃一盃酒為何就醉必

竟有甚原故(净)哇那有甚麼原故(丑)沒有原故就罷

了不要發性(內使急上報科)禍禍無門至風雲不測

眾聖上同宮就駕崩了(眾慌科)(净)既是聖駕崩了眾

文武聽我號令平帝既崩不可一日無君王國公當

繼大位降者加官進爵逆者九族皆誅來日備朝服

來拜重立山河(丑)臣馬公願降(眾)我共皆不降(净)不

降退了(眾上殺科)(眾下外復上科)天有不測風雲人

有旦夕禍福叵耐王莽這廝將萬歲藥死(占)了天下

蕉獻把眾卿殺了我不免帶兵五萬反上黑松林多

少是好（丑）老兒左右都是做官不如降他也好（外）唗奸臣看劍我寧爲忠義寇不做奸佞臣（下）（丑）萬歲樊崇帶兵反上黑松林去了（淨）此是窮寇不要追他也罷了（丑）是（淨）藕獻可竟往後宮取玉璽來（衆）得旨就去

泰山今日倒　宇宙又重新
再出眞龍帝　皇圖萬萬歲

第十二出

引旦扮后上）春色鮮妍花榔鬪芬芳呢喃燕子飛上舊時樓身居綉閣綺羅叢簇擁金釵十二重誰道長門人有恨蝶蹅花起出墻東老身乃平帝之母兒年幼小逑父爲君權衡少畧恐不能撑撫江山况前月王莽進女爲妃中閒倘有不美所以日夜憂心玉璽只是老身掌管出入相携今日天氣晴明不免步出宫庭散悶則個叫宫娥將玉璽過來

綿搭絮（旦）玉鈎雙控捲湘簾只見蛛網添絲若費經營在小簷玉爐烟繚繞盤旋你看金釵簇擁彩袖翩

隨且自對景追遊莫待老去春光白髮消消兩鬢添
（又生）玉欄杆外百花鮮艷只見艷質奇葩各逞芳菲開
滿園梆如烟（内鳥叫科）出谷鶯遷看他交加抛擲多少心
堅只恐怕用盡工夫只落得虛名世上傳
（又）年年春色尚依然只見錦片飄殘鋪蒲蒼苔如同
點絳烟滃棠鮮蝶粉輕粘行過桃溪柳徑竹塢松邊
（哭）原來荆棘參差你怎不留春把人衣袖牵
（又）神魂撩亂步難前想是永井溫泉弓鞋苔砌事泣
路側偏思綿綿頻鎖眉尖多爲惜花起早愛月眠遲
忽聽鵶鵲悲鳴不覺的小鹿波波在心上顛
不是路（衆帶將上）奉命相傳特進宮庭把玉璽宣休遲慢

行行來到萬花園（見后科）（旦）呀你奏何言深宮徹入來相見仔細從頭說一篇（丑）昨日千秋宴吾王亡化巳升天（王國公呵）仁聖相傳社稷川休留戀快將國寶來呈獻免遺一劍免遭一劍

（五更轉）（旦）聽此言心似搗恨鴟梟占鳳巢炎劉國祚無人保冤解氷消地崩山倒我如今喪溝渠歸泉道死在陰司難將伊恕饒天理照彰只爭遲早（丑）快把玉璽獻來不要遲捱（旦）哭科罷了我那兒

（又）好教我泪雨澆濕鮫綃錦繡椒房一旦拋只恨蟒賊奸讒害劉朝天聽高覆盆寃難明照（我今就死呵）九地含寃直對閻君告料感應昭彰終滅奸曹（打印科）（撞科下）

（丑）王璽打破一角明日奏過聖上把金鑲起分付衆將快把宮院洗淨另行選進

國母已歸泉　宮人盡入土
來日奏明君　國祚祈千古

第十三出

（淨引）喝立乾坤干戈不整造大業反掌而成四海來歸順 午夜漏聲催曉籥九重春色醉仙桃欲掌絲綸美池上美玉千金九鳳毛足孤毒死平帝擅奪大位已曾差蕪獻進宮取玉印今日設列朝班降者封其爵訟逆者誅其良賤道尤未了衆臣已到（衆上云科）霄微芳潤浥霓旌立落彤墀散屨聲沾洒不辭袍里濕天街塵淨馬蹄輕臣等皆降願吾王萬歲（淨）既是降者衆卿所言寡人即位號爲親始元年降臣皆復舊職另日再以陞賞

（園林好）（衆）願吾王追前聖君效神堯施仁發惠朝野皆無繁事齊拜上萬言書拜上萬言書

（又）（淨）洽天下憐吾可屠清宇宙誰能相拒從此邦家安

息齊拜上萬言書（丑上科）昨奉吾王命宮中取印來（見科）啓奏萬歲後宮見駕崩將國寶抛在地上投井而亡玉印壞了一角發在上寶司補了封爲金箱玉印不日另行宣進可差指揮一人帶領三千羽林軍圍住白水村將劉演一家誅戮將他兄弟劉秀綁縛解京與劉演一同處斬（衆科）

世事如棋局　輸贏任所攻
非吾心太毒　一網打交空

第十四出

山坡羊（生）受君恩忠當盡命念親哀憂歸鄉井思幼弟好似鶺鴒顧影想嬌妻何日同歡慶目不合苦諫君一身遭陷穽又不能祛惡除奸做了入繒魚落網飛禽傷悲王尊孝可稱哀聲王陽孝不泯受國遭飛禍思親曠養情啼鳥偏觸恨惆悵不堪听劉演苦苦諫除王莽豈知反遭他害君無納諫之明臣有亡傢之嘆可悵可恨（末）流上君臣分願刎一死生在須臾劉大人不了（生）嗎大人爲何慌張（末）王莽前日在千秋宴上

死斗帝藕獻在花園中逼殺國后取了玉璽屠了宮室夷其宗廟已改其年號起兵將你一家圍繞良殘不留恐禍將及我特來報知我于今逕徃信都去了(生)馮大人我想命在逡巡不能多囑喜得你去信都路便我家我有幾句言語煩你遞報一聲死在九泉之下亦冥目矣天降災殃怎柰何豈知平地有風波扶王未得稱泉棟惹禍皆因自着簑母在高堂尤望子弟行原上尚恩哥傳言妻室宜全節他日黄泉好會我我罷了我只望

(駐雲飛)蹴蹴皇猷一點丹心赴水流馮大人我當初指望忠言凱切可動聖衷又誰知聖主蒙塵垢不聽忠言奏蔡逆耳反遭囚爲君憂今日被蟒賊篡位阿家國都丟一旦成虀肼落得虛名逐浪鷗怎得明寃報主恠(末)劉大人到是下官負累了你

(外)名覆金甌幹國良臣史上留今日分良友怎得重完舊蔡我謫貶有何愁削奸儔要保漢室中興蟒賊

遭遺臭下官此去把你令弟帶出同至信州招軍買馬以滅王莽要集群臣立漢

劉芟佞夷奸報主仇下官領命到府（末急下）你可闖閫交誼今朝別江山甚日畱（生）恐這賊來取我首級不免撞死了罷

（又）君義雖酧好似飛蛾望火投欲解民倒懸反自遭非咎啉一死有何愁愁只愁母命難留一家良賤皆難救兩事無成一命休

（又）要見無由死別生離爲國謀棠棣令難秀鳥鳥遭弓垢啉魚水再難投兩休休若要相逢覓門關上重輻輳一旦無常萬事休（撞死）（下）

第十五出

（引）（老）綠楊枝上鶯聲夭輕風掀捲湘簾動（小生）高卧小

軒東晨昏無春夢（占）舉目景華書憑誰寄簫聲徹不見歸來鳴鳳（老旦）老去朱顏兩鬢華忽聞庭樹噪[illegible]鵲（占）良人遠去長安道望斷天涯日已斜（小生）高堂已添雙鬢雪兒因爲國去天涯（老旦）紛紛粉蝶墻頭過却信春風透別家自從孩兒去後未見囘來使我心下憂愁況已夜夢顛倒未知如何（占）想是君重賢良留他在朝爲官故此沒有信囘（老）望穿雲外路不見寄書來（老旦）

（二犯傍粧臺）終日思沉迷衡陽無雁信音稀去時節花如繡到如今栁亸絲倚門空作王孫母朝暮懸懸望子歸（合）但願君如堯舜臣若呂伊剷除跋扈保皇基

（又）（小生）慈親暫且省躊躇吾兄忠義端的暮龍爽封章奏罷除奸佞芟荆棘剪荼蘼鵪鴒原上空相顧鴻雁天邊各自飛（合前）

（又占）良人遠去妾心疑晴簷日日喜蛛垂枉自有燈花焰無意去開周易甘從中饋供調膳懶向粧臺巧畫眉（合前）（末上）不憚驅馳路飛身過大堂閉門家裡坐禍從天上來到此間便是不免徑入則箇

不是路（末）城火池魚覆雨番雲禍怎期傳消息欲言又恐更添悲

（又老旦）頓驚疑你當初與我兒同去今日緣何獨自歸心疑慮望將就裡分明語免生猜疑免生猜疑

（又末）聽訴因依與令郎同入朝班內不料讒臣暗設機君昏昧道令郎詔歸朝牢拘犴受禁持把我貶出信都千秋會上媽帝篡位特報與令郎知呵事將危恐遭誅戮難逃避自喪囹圄一命擢（旦哭）肝腸碎從前作事都虛費總成何濟總成何濟

（小生）吾兄既死後來怎麼樣了

紅芍藥（末）急慌忙特來報知恨王莽陰謀篡帝位監郎天牢日摧滅門災須臾到已怎能得上方劍生殺賊吾心方釋（合）兵戈動地吉凶怎期眼睜睜進退無門仰天叫屈

（又）（衆）嘆吾兒欲持漢基又誰知反遭圈套俺一家生別死離好一似中流舵失怎提防滅門戶誅召覷須臾來至（合前）（末）老夫人于今兵馬甚急待我帶了令郎逃命二位夫人不能保全各自逃命罷（老旦）兒事在危急你與媽大人逃命我和你嫂嫂各尋自盡（小生）孩兒自幼不曾別母一旦分離怎生割捨（老旦）生離死別數不能逃且自割恩捨義苟存劉氏一脈你父遺我有玉珮環你可珮環帶身傍早晚如見母親一般

〔香羅帶〕（小生）含悲別老娘心如箭傷吾兄爲國遭誅喪家門盡戮禍福無傷也指望除奸佞誰知反受殃（合）骨肉淒凉冤解冰消夢一場

（又）（老旦）逃生休顧娘重逢罷想恨老天不把忠良相馮大人請上受老身一禮此兒付與君收掌也天大冤仇恨全憑你主張（合）（前）

（又）（占）分離子共娘睜睜泪汪煞時兵至難抵當偷生無計必定將身喪也指望終年老養誰知中道忘（合）（前）

〔哭相思〕失鹿亡猿禍怎當今朝一旦各分張雙手劈開生死路將身跳出是非關（小生末下）（老旦弔場科）媳婦兵馬來甚急了怎生是好不如待你我各尋自盡罷了

雜帶（夫）刀頭折寸心分離掌珍哀猿腸斷情難忍雖則是驚秋蒲柳合凋殘也安忍見荊枝損玉樹零蕭牆異變難容拯救時間生離死別頓銷魂也共效取母爲王陵一命傾（下）撞科

江兒水（旦）夫爲忠君殞姑因痛子殞連顛非命遭冤葬哭哀哀長城骸骨誰收殯痛殺殺堂北萱花魂杳冥空悶下孤鸞悲鏡葬賊冤仇不共戴天叔叔此行必能剷報想我女流之輩在此何爲到不如王嫱珠沉同向鬼門關進（下）撞科

第十六出

水底魚（丑）奉命前行兵圍白水村誅亡劉氏斬草不除根除根（丑）自家奉王上之命帶兵圍了白水村將劉秀九族盡處叫衆圍了

遭音遥

（又）兵将紛紛金鎗耀日明喧天鼓振逢吾盡喪魂（搜過）

（看丑云科）急馬前行追尋不義人若還拿住一命不留存

留存（外）善哉善哉吾乃太白金星是也觀見劉秀一家被王莽所害逃難在此四下追兵趕得甚急此人後來當有大位且喜天降大雪不免喚土地化作烏鴉引他前路待我後面掃去脚踪追兵不見脚踪必然散去沿路土地听我分付（依前云）

（云科）大抵乾坤都一照免教人在暗中行

金錢花（末）（小）逃生兩脚如雲如雲追兵四下紛紛紛紛豺狼當道躲無門天憐念難中人脫得去謝神明（下）

（又）（衆）（丑上）驅馳馬足依停依停魚歸網罟難存難存疾忙追趕向前行拿得住解朝廷封侯將賞千金

（又）（小生）（末衆上）排空鴻鴈離群離群盤旋嘹嚦悲鳴悲鳴爲遭鴈鷄苦追尋相窮廹莫容停投上苑暫棲身（下）

(又)(丑)揚鞭策馬奔騰奔騰平原曠野縱橫縱橫猶如
衆 攝魄與追魂捉劉秀赴金門既斬草莫留根(下)(小生)
衆上科
(丑衆上科)(小生末下)(丑)
衆拿住馬夫渾科(下)

第十七出

(金錢花)(小生)(末上)飛來搆禍無門無門一家良賤遭刑遭
刑慈悲那有人怜憫消危難救殘生脫得去謝神明
(末)文叔你看四下兵馬雲騰鳥集我二人不可同行
各奔一路我往信都招兵伺候你前來報寃便了(小
生)馮大人只我孤
身一人怎生是好
(園林好)(小生)(末)相依倚不忍解離作分襟泪紅染顋幾時
得報仇雪耻重聚首釋心悲心悲
(江兒水)(末)深荷通家誼綣綣義敢殊臨岐割袂腸千

縷怜君此遁希重耳他日平宛擬子胥不由人恨填
胸臆兩眼睜睜戀戀寔難分去
玉交枝(生)(小)心懷猶豫(末)何事遲疑不早說(小生)處萍踪會晤怎期
(末)我到信州必通知會(小生)這揚之塑渾無據(末)甲人自能急切起兵舉事文書不必掛慮(小生)伏伊家委曲扶持從此一別兩暮雲春樹常依切
雁帛魚箋莫滯遲這相逢何時定期這冤仇何年報
取
川撥掉(末)天涯裡天涯裡任飄逢難主維更不知何
枝可棲可棲迢遥千里不須提還佇望攬旌旗
(文)(小生)橫事連顛不可持致使微軀逐絮飛倘一日奮
臂長驅長驅把蟒賊全誅無孑遺須早塑捷旌旗

尾聲含悲此地權分袂（末）豈似陽關話別離（小生）排甚

前來莫待遲

差差排列虎狼群　劍戟叢中脫此身

正是將軍不下馬　匆匆各自奔前程

第十八出

（引）（外）華髮惺惺韶光迅速嚴威雪花亂撲家家慶賞盡道是時年豐熟身如風燭鬢如霜老去韶光爲甚忙只恨無兒難繼後願求英俊作東床老夫姓陸名大功身居畎野不近繁華頗有家資奈無子嗣單生一女名叫玉眞頗有賢淑曾與推筭必爲貴人之妻年已及笄未曾許嫁今朝天下大雪分付安排筵席賞雪

（引）（占）南枝初放蕋冰肌玉骨堪題紅爐煖閣醉金巵頓忘却寒威勢（旦）嬌容最怯曉霜催綉幙紗籠深閣里聞呼喚出庭闈（見科介）（占）人道豐年瑞（外）豐年瑞若何（旦）長安有貧者宜瑞不宜多（外）看酒

過來(曰)送酒科

畫眉序(曰)萬里洒蛾毛來歲禎祥皆吉兆看平原一望堆遍瓊瑤寒江上獨有漁翁江漢外絕無飛鳥(合)此時人道豐年好圍爐慢飲羊羔

(又)(外)梅雪兩粧喬天地難分色相照剡剡溪訪戴獨棹扁舟藍關上凍馬難行村洛裡鴉鳴喧噪(合)(前)

(又)(占)猾掘煖村醪錦帳紅爐且歡笑十年佳瑞應在今朝添獸炭父子同歡塑獅像兒童爭鬧(合)(前)

(又)林壑尚消條流水溪邊駕玉橋想長安此際貧者凄寥等閑閒翠草無顏頃刻裡江山俱老(合)(前)

滴溜子滿長空滿長空六花旋巧平白地平白地郊

源遮草滿空中柳絮飛飄寒威料峭葭管灰春來[illegible]

（節節高）彤雲蔽九皐凍雲繞東風添得寒威峭天分

巧六花落江梅曉紛紛蝶翅長空繞湏臾盡把郊源

草（合）陽回帝里破泥牛灰傳葭管春光報

（又）銀沙亂滾拋把窻敲依稀晃若人來到謝才高楊

花調因風掃豪門富室亂滔滔縱橫溝壑多饑殍（合前）

（尾聲）高樓細把金樽倒家會團圓笑語豪萬事無個

沉醉高（外）把酒杯了安人我昨夜得了一夢夢見南庭上有金龍一條盤在柱上眞個奇怪況且紐帳未完不免帶了小廝明日庭上一看兩得其便（占）且等待天氣晴明去也未遲

瑞雪漫空透體寒　村中有酒且盤桓

長安多少飢寒士　幾處凄凉幾處歡

第十九出

（小生）瘦骨難敵雪雨風尋頭撲面若相攻蒼天若念孤窮命推出紅輪助煖溶自與馮大人別後且喜兵馬皆散遇着這大雪不曉去路怎生是好（上地掃雪科）

【小桃紅】（小生）馮夷號發亂剪兵花到此難存濟枉受波
查不由我淚如麻轉覺意驚加最苦是烟雲匝冷風
斜瑞雪滿空撒也地冷天寒愈嘆嗟日煖嚴威大恣
滾銀沙撲面難舞袖遮

【下山虎】禁兵聚蟻追騎如蛇進退無援奔怎避寃家
堪比逆水況舟下倒塌了屬道斷車痛撓柔腸似箭
鍛膳戰心由怕狠虎軍矢肆爪牙（鴉叫科）（小生）看此烏鴉被雪迷了草逕無處尋食叫得傷感就是我今日受苦一般鸞鶴紛紛下只見烏鵲亂喳
惹得離人愁轉加

鍛音殺

【蠻牌令】你絮叨叨聲悲啞我痛傷情淚似麻一身饑餓無倚靠寃屈訴誰家苦殺一身歷盡波渣又何時相會一家撇却愁煩試免嗟呀

【尾聲】形雲密布散奇花恨烏鴉絮絮喳喳（打烏鴉科）失却環兒悶愈加（悲科）此玉環是我母親所賜失手打去被他啣走了怎麼好（內鴉又叫科）呼原來那烏鴉在前面不免趕上去

【縷縷金】忙追獲敢遲留烏鵲啣環去過荒坵吾母親遺澤千金不售天涯海角縱悠悠追尋敢迤逗迤逗

烏鵲啣環去　尤然不見踪
只因差一着　滿盤都是空

第二十出

（外）野老扶笻出遠村滿空鱗甲亂紛紛只因夜夜多祥異使我衰年冒雪行老拙只爲前日夜夢夢見南

庄上金龍盤柱未知何兆不免躧行幾步

（清江引）（外）漫空柳絮盤旋繞粉布長安道漁翁罷絲綸林鶩絕飛鳥我又不是愛騎驢探梅花的孟氏老此間就是不免叫一聲

（又）（丑）雀羅緊閉無人到門外聲聒噪高卧比袁安氈破蛙沉竈待我起柴扉看來知分曉（呼）原來是員外這等大雪嚴寒所爲何來（外）只爲租帳未完特來央你取算（丑）老員外時年荒旱百無一收望你再寬幾時加利奉還罷（外）若是沒有待收時還我也好（丑）老員外今日大雪光降村中無特可待白酒一壺少敵寒威然後待我掃雪烹茶把一盞

（賞宮花）（丑）寒威愈加坐閣爐笑語嘩多幸高車過敝饌愧無些（合）正是寒夜客來難得酒呼童掃雪漫烹

茶

〔又〕〔外〕豐年歲華散瓊珠剪玉花四野彤雲蔽枯樹噪饑鴉〔合〕〔前〕

出隊子〔小生〕尋頭撲面十揭朱門九閉拴長途幾餓殍有誰憐雪阻昌黎馬不前權且將身躲在矮簷這裡有一所好房子不免避雪片時〔科〕〔丑〕員外門外有虎叫一般〔外〕這般大雪怎麼有虎看一看〔丑科〕呀原來是一個人躲在門外柱頭邊避避雪〔外〕快請進來叫家童取一件衣服來〔雜科〕小官人家住何方那里人氏這等狠狠凍餓請說一番

皂羅袍〔小生〕聽吾一言告取為含冤負屈避難無依只因諫諍受災危只因朝中奸賊王莽獻上羅祥欲誅天下有大夫馮異見鬧竟到我家邀兄劉演同諫君王誰知君王不納忠言道吾兄既歸苟養沒有詔書宣詔不合自已入朝將他囚禁天牢

吾兄為國遭囹圄后來千秋會上莽造藥酒鴆死平帝僭改年號差蘇獻帶兵將我白水村圍呵滿門皆戮良賤盡誅吾兄知莽篡位觸死天牢焉翼貶官信都前到我家報說將我帶出（外）府上還有誰還有萱堂嫂氏死生未知將身幸脫豺狼隊方纔出門后面兵馬追趕

（又）追趕無門逃避只得兩下分離嚴寒天降六花飛羸身凍餓難存濟只得向門傍棲隱權冷避威冒干尊輩望乞理推啣環當報褅袍意

（外）（又）見了令人暗喜看此人相貌果是希奇我衰年無子正堪悲此人適纔躲在門柱邊義有龍吟虎笑之像况是炎劉帝冑之宗追思憂兆知眞僞况他棲身無處將他領回若無婚配門楣可為兼葭得托瓊枝倚（外）小官可曾配否

掇音拙　非口吻

（又）（小生）因年少雌雄未配（外）既如此同到舍下吃些安樂飯如何（小生）蒙

愛憐敢不遵依難中若得救寒微終將犬馬酧恩義

古人云木桃投賜瓊瑶報取得君提掇免坑汚泥猶如

大旱雲霓濟（外）叫庄婆你可同這小官人往我家去

雪擁藍關馬不前　造成七級立中天

慈悲勝念千聲佛　作惡徒燒萬炷香

第二十一出

【懶畫眉】（占）紛紛瑞雪遍江干老骨難支苦凍寒杖藜

人去幾時還舉目烟村外不見尋梅孟浩然

（又）（外小生）可憐凍馬困藍關得遇故人携我還再生罔極

報猶難來生願效爲奴隷答謝高賢非等閑（外）此門就是舍

下庄婆你倍小官人待我通報然後進見（見科）（占）員

外回來了（外）老安人有這等異事我到庄上庄婆置

酒與我煖寒只見門外有虎嘯之像看來是個迯難之人門外避寒此人乃漢劉之後容貌非常我把他帶來在門外（占）外面風寒快請進來（見科）（外）庄婆請小官到後堂茶飯你來有話說（丑同小生下）（丑上）外我和你無兒繼後單生一女欲招此人爲婿不知意下何如（占）我看他一貌堂堂贅他爲婿正合吾意不知女兒何如（外）庄婆有事總成你適纔帶這小官人回來欲將小姐招他你到綉房問他他若肯從重重謝你（丑下科）姻緣姻緣事非偶然謀事在人成事在天

第二十二出

一江風（旦）對粧臺巧畫春山黛髩擁烏雲派步香堦風蕩湘裙微露弓鞋窄紗窗慢展開展開惟勤工女債三從四德當心解剪水裁雲骨格眞模範那肯出中庭將針刺破窗前紙引得梅花一線香奴家楊玉眞是也且喜椿萱康健閨閫清幽奉侍早膳已畢不免做些女工針指有何不可

（又）倚羅叢盡把工夫用碧蓮池下鴛鴦動喜和同繡

綫難離鎮日相隨共繡一朵牡丹紅牡丹紅添幾個
尋香蝶與蜂凌波襪襯遺雙鳳
（又）（丑）出廊東只聽得風擺簷籠動特把佳音送作冰紅
傳與佳人肯否諧鸞鳳若得肯相同相同何須付葉
紅鵲橋準擬才郎中（旦）庄婆到此何幹（丑）特來看你員外有言呵（旦）員外有甚言語講來
駐馬聽（丑）聽說端詳昨日庄前遇着少年郎思想無
兒奉老容貌端莊要招他坦腹東床姻緣到此正相
當問娘行肯否求明講不必徬徨徬徨姻緣存向蟠
桃會上
（又）（旦）休恁猖狂聽說教人羞怎當況且奴芳年痴小婦

道難持中饋無方爹娘主意欠忖量婚姻怎與孩兒講滿面慚惶慚惶把我言詞爹娘跟前多多拜上（旦笑科下）（丑）要知窈窕心中事盡在微微一笑中

出隊子（丑）東調西弄特送佳音付葉紅要知窈窕布和同盡在微微一笑中管取今朝花燭迎紅

（又外占上）鵲聲頻送又喜添繇在院東已傳幽信問芳容未審嬌娥肯順從若得慇懃紹業有宗（丑見科）（外）小姐怎麼講（丑唱前曲科說笑科）（外）女兒家怕人羞你笑笑就是肯了快請小官人來（丑科）（小生上）田文曾養士韓信屈槐陰漂母恩難報持金酬故人（見科）（外）小官人老夫見你清秀况又未曾婚配老夫有一愛女欲招足下爲壻不知尊意若何（小生）得蒙恩育感激不盡蒙賜親事何敢固辭但孤身在逆旅之間愧乏聘儀不敢尊命（外）婚姻論才豪爽之道請換吉衣着庠婆僕作冰相就今日成親（小生下科）（丑請科）

（生）引小　赤繩曾纏共琴瑟簫聲送（旦）佳期已動開呼喚
粉臉羞紅（合）看玉堂起一雙彩鸞朋鳳（拜科送酒科外占）
山花子（生）開筵已中屏間鳥相逢千里非遥喜今逢河
洲窈窕歸來已咏桃夭（合）洞房春花燭影捉赤繩繫
足此日遭會看牛女到鵲橋執斧伐柯鳳友鸞交
（又）（旦）（小生）閨門艷質芳年少羞花閉月多嬌喜秦樓雙鳴
玉簫門闌喜氣滔滔（合）（前）
（又）（丑）綢繆永效關雎好梁鴻德耀情調喜月老芳名註
牢何須紅葉題橋（合）（前）
（又）（衆）有緣千里相逢早乘鸞喜配英豪畫堂中沉檀慢
焼牙床帳啓絞綃（合）（前）

三一

（滴滴子）想前生前生書憑月老喜今日今日如飛初效更兼琴和瑟調盟同金石堅兩相傾倒楚岫神娥襄王會早

（尾聲）奇逢勝會人間少輻輳猶如軫共寶這段姻緣何處討

合卺盃乾樂更饒　洞天深處錦雲高（衆）淡坐
裴航此日藍橋路　勝似鴛鴦並頸交（旦）科唱

（倒番蓮）葡萄酒醇金鮮合卺盃笑語喧好似天台會劉阮今朝綰結同心帶盡老雙雙效錦鴦這段姻緣好似金榜題名中狀元（合）劉郎之阮

（又）霞冠帶彩袖翩接得嫦娥下九天比做册山鳳玉并連有緣千里能相會夫婦團圓到百年這段姻緣

好似觀音身出普陀巖（合前）（送下，丑雜吊哭科）他兩個好似我怎麽啼哭撒洒風

（又）紅絲綿不曾牽今世無人與並肩瑤臺拜月仙全

望你早展婚姻薄嫁個良人好過年這段姻緣你我

孤單真可憐（合前）（齊下）

雲臺記上卷終

新刻全像劉秀雲臺記卷之下

第二十三出

清江引（外）香風不動松花老境寂無人到心潔玉壺氷典逐瑶池草為尋真愛入蓬萊島當年曾識鹿門焦束手由人嘆我驕標姓不如埋姓好揚名好似隱名高忘勢利違塵囂不圖功業擅蕭曹清時一洒揮塵麈蘢得浮生付鹿焦自家姓莊因避明帝諱改姓嚴名光字子陵世居會稽餘姚人也志存經史心慕曆揚恨王莽擅權而竊大位愧群僚免首以就功名天下紛紛中原擾擾因此棄却家業遠遁逍遥志妻妾自求笑傲昔與劉文叔同窓肄業別久無音今居鄧仲華安居于此朝暮盤桓吳越仰觀天象俯察人心今夜月色清爽不免步出茅菴之外仰觀天象一番且看與士氣運如何呀但見列宿分清兩儀徵靜正當夜分之際你看賊星隱約存亡旦夕那壁厢流煞交雜皆臨賊星之左右漢家氣度正應東南又有羅候金彡各相獲衛天象如此呵

【啄木兒】更祊靜斗柄橫玉兎東升出海濵見祥光隱隱微明更妖蓬反覆爲青旌幢簇擁扶眞命羅圖榮軼文星正你看紫微星諸然不敢浮擁衆正相扶翊想恢復只在目前天運循環國再興

【又】薇垣靜金角清流慧浮芝之不敢侵殺氣混賊地雄星看瞬息海宴河清中興漢室今當定那賊呵你欺心尚有天照應報應昭彰早晚明那東南好奇怪

【三段子】逞膽尾心與奎婁驅馳縱橫再觀榔参照東南相將送迎天河一派森羅溷氐房角亢廂王任料不久妖氛盡洗清

【歸朝觀】冤家的冤家的無端讒性頓教人滿懷愁嘆

指日里指日里削平奸佞管四海盡歌堯舜

【尾聲】徘徊頃刻分清混吁看群兇降遠城恢復還

福量人

一所茅庵傍市廛　世途名利兩無牽
將身高卧烟霞外　偷得浮生半日閑

第二十四出

【末上云】國家將興必有禎祥國家將亡必出妖孽下官魏文是也昨日有人奏道南郊外飛一鳥來似鳳非鳳其鳴若雷聖旨着下官率領衆文武建立齋壇祭賽郊社天地下官職居禮部只得在此伺候【丑上】河範有圖麒麟呈瑞聖人將生鳳凰來儀下官王舜是也聖駕出祀天地不免在此伺候

鸑音岳　鷟音濁

【掛眞兒】【淨】熊羆未入文王枕鸑鷟呈祥信山河社稷願安寧還願天心順九五登高位天心未肯歸一爐檀麝意願透上蒼知昨日有本奏道南郊外一鳥飛來未曉何禽難分禍福會着衆文武設醮祈禳天地衆卿祭禮齊否【丑】臣啓陛下祭

此鳥須用三樣禮物而祭(淨)那三樣(丑)白麵做人頭一個水谷麦一盤看他所食何物主何吉祥(淨)依卿所奏(丑分付)

排禮科(拜科)

解三醒蒸沉檀祭奠南郊拜穹蒼至祈焉禱天心歸順呈佳兆麟與鳳啓明朝仲看萬里烽烟息管取千秋社稷牢(合)回凶曜願得長安國泰雨順風調

(丑)又(末)雖則是凶吉安危人未曉還只願善惡禎祥福自消君王有道青春好閭巷里總逍遥仁風化日民歡暢主聖臣忠國寓饒(合前)(扮鳥上食飛科下)(丑啓陛下此鳥三樣都食飛轉去了(淨)三物皆用主何吉祥(丑)此乃是天上雄鳳又名鸑鷟所食人首主動刀兵食水主水災食谷主五穀無收(淨)既如此再行祈禱便了

滴溜子(生)御駕出御駕出南関祭郊特來奏特來奏

聖王知道昨夜微垣高照諸星皆擁護森羅旋遶正應東南干戈動搖（兒科）我王萬歲王尋奏事（外）卿所奏何事（生）昨夜仰觀天象（外）劉氣運將興旄頭光熠也無明速主刀兵倡盛霸雲列障輝輝華盖相迎二十八宿獲薇星正照東南微應（淨）既是東南上有此應兆速起大兵將那一方人民一時血洗免生大患（丑）臣啓陛下無故洗勦百姓實爲非理恐生變逆不若開試武舉選英士彼必皆來投充禁籠在此待之以恩使其竭力事主此乃萬全之筭也（淨）卿言極當就令司徒招募四方豪傑不得遲延分付起駕回宫

怪鳥難明吉與凶　更兼諸宿混西東
明朝早向轅門外　竪立招旄集萬雄

第二十五出

【菊花新】（丑）虎鬭龍爭未肯休招豪俊輔佐皇猷四海干戈五湖凌碌立極還須盞足膺準逢秋欲奮揚男兒事業豈尋常王家一舉招賢路英俊紛紛策試場下官司徒王尋是也只爲向來正象妖氣乾坤不定我王命我開試武科

招慕豪傑（外、生上）青海無傳箭天山早掛弓受命邊沙遠歸來御席同（外）自家姚其是也（生）自是馬武是也來此頭克待齊同進（淨、小上）萬里爭先日驊騮獨步時將軍原有令寨外樹勳旗（小）自家杜貌是也（淨）自家岑彭是也（衆進見科）（丑）投克的各報名姓上來（衆科）（丑）姚其先試汝兵之貴何者為先

（四邊靜）（外）兵家之貴分行衆智信仁嚴勇虛實兩相攻圍環如鐵桶（生）金鳴鼓通左交右衝蓄銳并觀風

悬生武常論（生）兵之法明此五者立川才東邊立地馬武防範之功何者為先

（又）（生）孫吳韜畧從人用詭道防兵動違務必疲隆令嚴豈輕縱（合前）（丑）防範之理明此實是良才杜貌奇正之法如何

（又）（小）安營立寨無輕縱驅兵假爭哄繫通莫相容奇正兩能用（合前）（丑）奇正之法不過如此岑彭攻守之法如何

（又）（外）善攻善守皆為重強弱分機貢畫算運無窮順逆

防回送（合）前（丑）爾等皆向前來（衆科）（丑）我觀爾等俱能合式權收在此各管部兵一千待我奏過

天子各授官職

轅門今日試英才　龍虎風雲會九垓

但願聖主施雨露　早傳天詔出蓬萊

第二十六出

（小）羽扇綸巾學道粧遍遊方外度時光全憑三寸如簧舌要使英雄助漢邦自家姚藕名成乃洛陽太平庄人氏齊六國相藕秦之後裔幼習詩書長親韜畧不慕高爵崇官惟取壺漿草食切見王莽變夷漢室鴆滅平帝擅居大位以此遍遊湖海出入無常我有一故人名曰姚其昔與他契結金蘭聞他新投王莽正所爲名曰失瞳吾聞諺語云重興漢室者劉秀也信都刺史馮異乃秀之羽翼現今招募英雄助其恢伏我今不免投入故人草舍說他前去扶佐劉君豈不美哉來此就是有人在否

武陵花（外）柳營人靜寂無聲未許車塡馬競（見科）原來是藕川坡（請進科）（小）尊兄久違臺範睽闊音容今朝一旦榮登可欣可賀（外）兄慕驅馳何賀之有（小）尊兄你所

事未得其人心中明否（外）不明此意（小）你抱經濟之才當明良之世今日不思高大屈志爲人事此賊臣久後縱得金魚玉帶之貴亦爲萬世之恥乎（外）小弟素有大志怎柰時運乖蹇未能施展況又無主可事柰何柰何（小）嘗聞玉在荆山非卞和不能曉驥伏櫪槽非伯樂而不能知正所謂懷寶迷邦不求其價良禽非喬木而不棲人豈不擇主而事如今漢室將興劉文叔欲復舊業以雪先帝之憤何不棄邪歸正大顯其能垂名竹帛樹業凌烟豈不偉哉安肯區區爲人之士卒乎（外）既蒙佳示使我沛然有望明之往待我與衆人商議今夜月下各帶所部之兵奔往信都歸那馮君相助劉王以全大事便了（小）若得挽從弟之幸也

（馬蹄花）深荷良言棄暗投明莫久延念我心懷經濟志在匡扶豈敢留連今朝帶月出函關扶劉建業功非淺（合）努力爭先史書萬載芳名無玷

（外小）再啓高賢奮武揚威尚向前那劉君呵況且天持歸順

人意相傳轉口回天重興炎漢舊山川功標鐵柱人
欽羨（合前）小弟就此告別了
多謝同袍指教明　今宵月下去韓生
覇王空有重瞳目　有眼何曾識好人

第二十七出

鋮音凹

（引末）憂國憂民志未酬嘆故人天外淹留錕鋮斬賊臣
頭時作蛟龍吼（白）旄黃鉞謫江遷九鎣山河後又延
安得妖氛輕蕩洗等閒名姓勒燕然
馮異爲言王莽謫貶信都故人劉演一家被戮皆下
官之所致也負良友含冤于幽冥此情切切嗟哉痛
哉喜得劉文叔與我同去後因兵馬追趕各分一路
未知他下落何處已曾許他招軍候他復仇且喜到
任已來秋豪無犯訟簡詞清不免候他來議大事叫
左右但有投充的不時引進（衆上）抱得荆山玉前來
楚國投一朝逢正主談笑覓封侯
報門（見科）（末）有甚謀畧陳上來
鎖南枝（衆）公侯義衆所知重復皇都把奸佞誅吾輩

抱雄威特來助君勢吾小將四人先投王尋部下發管步兵因見他非是眞命之主因此把所管之兵盡皆帶來麾下秖貔貅將千數余趁天時剪荆棘

〔又〕〔末〕英雄輩果是奇秉正除邪理所宜耀武并揚威把天驕一時洗功成日鐵柱題把芳名留萬世四頭目供授帥將之職餘步兵月月發支粮食須要勤心武事以備不虞

天道將歸日　人心協合時
一朝盡戮力　重立漢皇基

第二十八出

點絳唇〔淨〕皮鼓聲喧旌旗招展論畏兒奮立當先怒冲冲殺氣乾坤變志敵凌霄氣貫虹長將寶劍倚崆峒等閑一日風雲會佇看飛騰起赤龍自家姓巨雙名武霸本貫海東長國人也椿萱早逝煢倸無連梵了一身獨處生來形容別類性格異凡武貫孫武文通孔孟一手擎天能舉萬人之敵雙睛制電會覩千里之風正是人間英雄吾獨一天

下才能再有誰我與裴遊于盪囚山下遇一異人受我
合扇刀二口左能呼風又能喚雨聚獸牌一面獻
能聚虎狠爭奈時運未至不逢其主久困家邦不能
見用切今天下繽紛群雄星聚不免棄撇家業前往
東京大圖進取以顯其能豈不美哉正是江
山此日無真命宇宙何時得正圖不免帶馬
【北新水令】（淨）天安天際杳茫茫爲功名心勞意攘家
園今日撇功業正時彰而往帝邦帝邦圖寸祿爲卿
相
【北步蟾宮】俺本待要立乾坤奮武鷹揚本待要施威
武勒王輔相俺待要豎廊廟做架海金梁俺待要與
王業萬年無恙劍出匣鬼伏神降風猛颼颼兩急滂
滂鳴牌響虎狠難撫論英雄果敢誰當
【琵琶煞】斜斜身軀丈八長力拔山量寬海樣急加鞭

凝眸盼望猛撞頭只聽得燕聲嘹喨過平崗一聲聲都是凄凉偏惹得離人悒怏又只見山叠翠水流光日落荒村人寄行藏只爲民塗炭世荒荒因此上棄家國自圖興創

（尾聲）看前村清烟淡馬蹄遲懶茫茫爲功名志爲恋

歸鳥投林急　行人怨路長
蒼天應有意　端不負賢人

第二十九出

（丑上招軍科）細柳營中日映袍南征北伐顯英豪轅門號令如霜肅獨逞威風萬丈高自家御弟王尋是也自從四將各與一職分掌步兵一向未曾操練今日天色晴明不免教場中演武一番多少是好（行科雜上）月下韓生去蕭何尚未知八千兵自散不顯楚歌吹稟爺爺共四將帶領步兵昨夜盡皆逃了（丑）他走了我曉得了想是他到此日久未有爵賞故此去了正是塞翁失馬禍福未知叫左右扯起招軍旗號

(淨上)千里迢迢上國行欲圖身顯立功名丈夫不遂
封侯貴安得披星帶月行此間已是轅門外不免投
進(丑)投軍者家住那里叫何姓名(淨)小人長國人氏
姓巨雙名武覇(丑)有甚本事來此投軍(淨)孫吳妙用
韜畧玄微有合扇刀兩口左能呼風右能喚雨聚獸
牌一面鳴鑼三下响遍地是豺狼(丑)既有此等武藝
下教場試(下教場試武藝科)(丑)收了兵器
就此收用叫記功官上了年貌冊(雜科)
今日逢良將　轅門勢愈雄
好將三尺劍　塞外立奇功

第三十出

引(小生)盈兜積恨暮栢空攀盡驊騮伏歷何日霜蹄迅
心懷耿列鞭尸忿何時雪志嗐忠剛吞炭之俺甚日
㸃蟬鳴舊恨怨骨肉凄凉長日念燕爾新婚夫婦綢
繆兩處分我劉秀自從避難至此得蒙陰長者提拔
將女招贅雖則朝暮勝常怎奈兄仇難報奈何夜來
得一夢夢見白羊追我指頭去頭指尾尾斷不祥之
兆馮大人別時節他已親許招軍俟我如今不免辭
了岳丈往信都恢復舊業多少是好岳丈有請(外占)
(旦上)托羅繫松栢倚玉得兼葭嫦娥親有意付與上

林花（見科）賢婿有何話說（小生）岳丈小婿昨夜得一夢（云）前夢（科）我又想國仇家恨時刻未忘當初我與馮大人別時許我到任之後招軍助馬復取舊業我若不去恐失信于他將何以報我家國之仇今日特禀岳丈方敢前去（外）賢婿你若不言我亦不說向日童謡曰劉秀為天子重立江山地听得此言心常猶豫況且適言此夢白羊去頭去尾羊字去頭尾是王字加上白字是帝皇皇字你今既有此志我豈敢相留但你少年出代于沙場未免使一家之憂（小生）謹依教訓自能保重不須掛慮（占）賢婿我晚景無兒得你如寶若得事成須宜早歸（旦）官人我和你伉儷之情未久別離甚遑你遠道奔波那識風塵之苦我深聞憂慮早傳雲翰之書

路上驅馳君當自惜

一封書（小生）君親忿未捐料含冤在九泉思兄淚泣杜鵑棠棣何時華再聯當學漆身忠豫讓留得芳名在簡編（合）用心堅急求賢免他冤他共戴天

（外）衰年得半子連一旦分離心欲穿為大事敢遲延

願得風雲迅九天除奸立正存剛毅社稷重與出萬

〔合〕全前

〔又〕〔生〕輕離別豈不然虎屈龍潭宜保全忠和孝志意堅

若得功成須早旋但願天兵歸劉漢一統山河偶眼

〔合〕前前

〔又〕〔旦〕君今去妾意懸遠陟風塵誰與伶逢人便付寸箋

客旅遲行須早眠西風吹動簷前馬日斷黃雲萬里

〔合〕天前

家國興亡未可憑　迢迢千里望南征

流泪眼觀流泪眼　斷腸人送斷腸人

衆下〔科〕〔旦〕凄凄重凄凄與君怨別離望去萬里餘各在天一涯此別不知幾時得會待奴遠送一程〔小生〕不勞遠送

尾犯序（旦）一旦拆同心纔效于飛便離鄉井此去長
安歷盡了迢遥馳驅悲哽怒不慮香消被冷只慮你
眠霜雪枕你去後天山顒望兩地一般情
（又小生）鴛衾情未温要學擒龍敢圖家慶暫撇閨幃遠
投輿閫追省我此去淩鋒冐矢只爲要除強削梗只
願天兵勝端不愧平生
（又旦）叮嚀再囑君得會王師早封釋信只怕遲滯歸鞭
悮奴孤另傷情休戀我閨房寂靜但自保萍踪浪梗
思量起天涯海角頃刻便分情
（又小生）寛心休泪零肯戀私娱敢違公論只爲競逐爭
先忘了和鳴相應須聽不得已家仇國恨没柰何分

釵破鏡從今後楚天吳越兩地一般情

（想思尾）萬里關山人遠行一般流泪落紅氷長亭別却騮駒唱客舍休教蟋蟀鳴（小生）（下旦）腸肫惚意沉吟堪回首已黃昏玉郎今夜歸何處好夢還須到翠屏

第三十一出

（步步嬌）（小生）離鄉遠涉風塵道鴻鴈賓秋早風林葉亂飄到此悽惶越傷懷抱不憚路途遙戴天仇恨何時報

（又）（丑）回首家園難瞻眺暮藹相遮罩紅輪漸漸落寄宿前村趲步休遲到更漏似傳樵茅簷燈火尤相照行到此間天色已晚又無旅店此處有個人家不免借宿一宵有人在麼（外）寂寂牛羊道原非車馬街夜深誰

犬吠疑是故人來(小生見科)老丈小生遠行到此不
覺日暮借宿一宵(外)此非旅店難好相留(小生)念小
生含冤負屈之人況且天色昏暝上下不能前去事
急無奈望乞哀憐(外)如此請進权留草榻家裡拿燈
來客官你道是含冤負屈之人
請道一番仙鄉何處高姓尊名

玉交枝(小生)微生名秀字文叔宗藩姓劉長沙定王吾
父身傾久豈期天運將休(外)原來是世子失敬了(小
生)只爲王莽謀位進女爲
妃馮異大夫邀兄諫主君王不听忠言將兄囚入天
牢後遂鴆死平帝僭奪天下起兵將白水村圍住彼
時馮大夫貶爲信都刺史就來報知我家領出小生
軍兵追至甚急分爲兩處他去信州招軍等我報仇
吾兄爲國遭囚死一家良賤誰能救謝蒼天微軀幸
留我如今欲去呵會兵戈同除寇仇

(又)(外)聞言眉皺念吾儕同隨晃旒(小生)老丈高姓(外)老夫姓鄧名辰曾爲漢
朝侍郎因見國亂棄職歸田林廊笑放歸田久有這等異事前日隣人掘井得一石

琱道劉秀當爲天子重興漢室以此之兆非世子而誰蒼天已注名留一向爲何不報

俺（小生）恨無運籌之人故未舉兵（外）我有箇人名喚字仲華又有一人姓嚴名光字子陵二人同隱富春山若得此二人允諾可以興劉早持厚幣將隱士求二賢得一能机

彀趂天意休交豫尤在人爲何須逗留（小生）此二人皆吾舊設既蒙指示到彼便行徵聘

（外）且進安息明早拜送

謝得高翁與薦賢　壺漿簞食莫辭艱

分明指與平川路　莫把忠言作惡言

第三十二出

（衆上）昨蒙信令出都城隊伍嚴嚴次第行太平原是將軍定還是將軍定太平主帥分付整齊隊伍安排船隻往富春山去

（引）（小生）迎師求將禮當全欲請高賢去欲請高賢去（末）懷君護國志尤堅欲復劉邦全賴蒼天（見科）（小生）四方離亂競干

戈百姓瘡痍奈若何（末）安得天
神誅逆賊乘時恢復舊山河

甘州歌（小生末衆）山長水遠爲興邦創業禮士求賢波浮鴨綠向東流晝夜涓涓多情沙鳥浮還沒無意山雲斷復連（合）風微細日麗妍眼前圖畫列峯巒歌聲帶笛韻喧數聲啼鳥破江烟

（又末）西風兩鬢添嘆蜉蝣瞬息枉自留戀乘槎昔日介子會泛天淵吞吳起沒東西浪水接雲霞上九天（合）桐津屆浙路偏兩江潮擁一帆懸舟如箭人意慳青山逕望斷晴烟

（又）遥看碧落間見祥雲靄靄風物依然他心笑傲恐不能棄隱陶潛炎溪空自衝寒訪嚴瀨由存戴月還

風波聚創業難何時囓手定山川陶朱節伊尹廉茨
名留得注凌烟
（又）東山欲上蟾見雲開天爽淨氣消然稍人勞倦聽
咿啞櫓韻周旋舟橫野岸無人渡臺築名山有客遷
心思亂眼望穿白雲飛過釣臺前波光漾夜氣鮮傍
溪茅屋已無烟
（尾聲）民塗炭國祚顛驅馳遠涉爲求賢要架津橋濟
大川（末）來此富春山下天色已晚上山不便（小生）且稍定船隻人馬不可喧嚷暫宿一宵來早上山

來到富春山　剛剛暮藹天
孤舟權寄宿　明日謁高賢

第三十三出

（末引）魚鴈久無音難覓他音信若得故人來滿眼生高

興將軍不到解征鞍，梆拂旌旗露未乾。好謊無道心懷怒，展轉思量昧不安。下官馮異是也。自到任之後，招軍已候，劉文叔不見到來，心中憂悶。正是：雖無千丈線，萬里繫人心。

（引）（小生）風景不如家國好，令權果異當年。兩行劍戟壯威嚴，旗纛半空飄颭。來此是馮公衙門首，左右通報，你說劉文叔相拜。（雜）科（末）小生見科故人千里別，音信久缺，為（末）當年兩相看淚濕衣衫透，文叔一向居于何處？

（鎖南枝）（小生）分襟後，獨自行，煢煢一身無倚靠。痛母喪，遂蒿思兄，又哀嫂心慌，戰步怎蹻，又遇着雪漫天，無歸落。

（又）身羸倦，凍怎熬，凜凜朔風透布袍。避雪倚蓬茅，偶逢一叟老，携我歸，把女招，雀屏開，如飛效。（末）一向怎麼不來？

（又）（小生）思仇怨，恨未消，千里相投敢憚勞，望你奮英豪，

同把奸雄掃我的佐當雪你的功當効鐵柱標待來
生當結草
（又）我來斯地將義勇招爲想伊行不早天意助劉朝
（末）合兵將賊討我豈圖榮貴勞念朋情死生報（小生）蒙公所許
招兵候我今有多少（末）自到此以後至今共招得軍
數千儘可衝敵柰無用兵之士柰何柰向前日來到
途中借宿遇一老丈姓鄧名辰昔爲漢臣今歸林下
問我情由舉薦二賢皆吾舊識一人姓鄧名禹字仲
華一人姓嚴名光字子陵皆在富春山此二賢得一
可安天下今日得見大夫明日即往富春山去請賢
人不知大夫意下如何（末）既有高賢禮宜速請明日
前去求賢分付姚期等明日安排船隻往富春山走
一遭

聞道高賢隱富春　求賢禮士要慇懃
來朝還赴江東去　接取興邦定國人

第三十四出

普賢歌（五） 推窓紅日正當天東去西來快活仙山亭
直上顛莟前百草鮮鶴鹿相隨眞可羡 自家乃嚴高是也我家主
與鄧先生在此隱居搆一茅亭在山頂上特來觀覽
不免打掃潔淨你看山頂上好景致日月東西户江
山左右圖茅屋竹檻半點紅塵不到纔摳甕牖一輪
明月爲從北有海門人望中湧起層層白浪南有山
巒意外推來小小車兒壁上的是那伊尹耕莘傅説
築岩太公釣渭許由洗耳夷齊採薇聖聖賢賢道傳
大地老案上列的是伏羲八卦洪範九籌國風雅頌
儀禮曲禮春秋史記經經傳傳學究古今玄家主或
來閑憩自講玄秘小人落得清閑自在眞倘快活誰
知或打虎跳或釣渭閑耍打掃已完想必主人要來
正是家童已掃
坐鶯啼仙客來
（外引）谿徑蒼苔空自老閑中日月逍遥蓬萊仙戸許誰
敲何處追尋阮肇 隱隱春山護釣臺採芝仙客去還
來閑時前竹爲竿餌靜把兵書讀
家開自家姓嚴名光字子陵昔日聞友尋師若延歲
月如今撇妻棄妾笑傲煙霞業擬芸窗已得劉文叔

作連床之契逸居草室幸蒙鄧仲華爲共榻之談正
是度外功名輕一介閑中快樂值千金今日閑居無
事分付嚴高打掃小庵請仲華出來把玄
機微奥閑論一番多少是好仲華有請

【引】(生)落葉空臺誰掃淨紅塵不到茅庵一竿紅日上簷
楹喚友同聲相應 小生姓鄧名禹字仲華隱居于此
子陵有召不免前去(外)仲華今日
打掃庵中同你少坐片時談論古今消我閑中之趣
(生)庵山清雅正宜散悶同行(外)寄跡湖山久閑中自
在吟(生)雲深不記再書卷已隨緣(外)鄧仲華你雖在
道心尚孤疑爲何而來(生)子陵我想當今沒有正主
我懷經綸濟世之心恨不能見用于時柰何柰何(外)
我向時仰觀乾象見王氣將興賊星當滅恢復漢基
者非劉氏而不能也昨者紫微星正照溪下料今日
有大貴人到此(生)子陵既有此話且看今日有何人
到此必爲重興漢室之主(外)且待我將案上書來觀
覽一遍呀原來是易經易經上道湯武帝革命順乎
天而應
乎人

【駐雲飛】(外)炎漢危顛伐暴誅讒在順天志足吾何忝

要把才能展　嗏　痛力未能展展終當興漢一舉飛騰四
海名揚遍（生）依子陵之說更始之變只在目前誰信蟠溪隱大賢（外）且看這
畫是甚麼故事原來是傳說築岩高宗舉以爲鹽梅之助
（又）傳說巖前上帝分明夢裡傳這是太公釣渭文王舉以爲膺揚之助
渭水甘微賤都是膺揚諺　嗏這是許由洗耳堯將天下讓與由由惡聞其言向溪
洗耳洗耳厭王言飲河空嘆這是伯夷叔齊遜國而逃採蕨西山不
把功名念出處行藏仰聖賢仰聖賢
（出隊子）（小生末衆）停舟住槳住槳只爲江山踐跡忙來賢
禮士到春山聘取擎天架海梁掃蕩妖氛萬民歡暢
（末）此間已是叫小校去問來（丑）山下車聲動門前畫戟排仙侶無俗伴疑是貴人來那個在此（末）嚴先生
可在麼通報一聲你道白水村劉文叔傅陵馮異相月（丑科）（生）迎接進來（見科）（外）別後瞻雲樹相逢問起

鄰音凋 閩音欲

君（小生）亦常懷犬馬無便寄雙魚（末）得覩金山玉誠爲蒼海珠（生）重蒙屈高駕蓬華頓生輝（小生）先生此位莫非鄧仲華（外）正是（小生）久聞先生遨遊遂浪俯仰乾坤今得一見三生有幸（生外）吾輩草茅賤質螻蟻殘生幸屈高車枉顧茅蘚生光（生）

文叔與馮大人到吾敝舍必有佳諭

駐馬聽（小生）漢室凌夷天運終衰國步危只爲王莽上滅平帝下陷吾兄幾其鄰亂百姓顛連欲效取鞭尸楚將雪耻平寃救吾民黎今欲舉兵復取大業恨無籌策之人聞先生飽懷經畧特來求濟運籌帷幄少人持請先生遠降持權位望你罷釣蟠溪須念取連床昔日燈窻同契

（又）（末）恢復王基欲效文王兆夢羆特爲求賢請士渡水登山不憚崎嶇嚴先生望你慨然談笑出茅廬雲霓遍救蒼生急全仗提携若得重興國祚你芳名留世

全像王□雲臺記卷下

（又外）愚昧無為甘作山林一布衣自愧才疏德薄見淺昏迷恐負吹噓文叔小生志在耕耘況有小疾我弊薦一人鄧仲華前去決不負望（小生請二位同往（外）他深明天法奮玄機胸藏韜畧齊天地乞恕寒微願得魚樵山水望君休罷（小生）嚴先生推故鄧先生一降

（又生）志在田畦樂道簞瓢陋巷棲嘆我文慳孔孟武怯孫吳計類鳩痴子陵才授把橋書經天緯畧誰能比非我推辭學不得前朝三傑把皇圖創立（老外）仲華文叔到此何不下山助復以伸其志（生）領命既蒙寵招安敢固辭只恐不緒兵務有孤所望（小生末）不須過遜伏望早臨

為圖求賢特地來　恐無籌運濟川才
須當早至轅門外　共看先生拜將臺

第三十五出

點絳唇

（老旦扮將士上）鼕鼕韸鼓振轅門列列旌旗蕤

莫道茅庵常隱跡一朝揚鬣要飛騰小將李通是也

奉馮爺之命在此築起將臺好待軍

師升帳道猶未了主公馮爺早到

【菊花心】（小生）栁營嚴肅拜英豪全仗神威驅虎（末）轅門

今日列旌旄拂拂風揚旗纛（生）廿分才踈德薄尤恐

孤人之托 李通將臺完備未曾（老旦）已完備了（小生）待我自看果然好將臺軍師升帳即須通

報（老旦）得令

軍師有請

（引）（生）關河滿目是風烟掃蕩應須我（見科）（小生）仲華孤

窮築有將臺特拜兄為國師請就坐（生）主公又道蛇無頭而不行請主

公服冕旒立為正主設立年號然後貧道受命發兵

小生科（末）主公天時人事理所當然小生領命（生）坐

末拜送印劍旗策科（生）幼習孫吳韜畧書介中安得

盡玄微攄忠欵報君恩重定使山河一旦歸小生鄧

禹字仲華隱居山谷已有年矣今蒙劉主親詣桐江

請吾下山拜為軍師欲成大業委以重任自揣草茅

愚質山野鄙夫胸中茅屋不緒兵機恐孤聖望既蒙

權用孜不盡心報效叫衆　令爾等各具文
武英才必有忠肝義胆務　當世用彰令譽
於將來仰協天心下咸人意欲取王莽先拒五陽五
陽一破則王莽死殺而自死矣（衆）得令（生）衆將且退
李通開了轅門中央插起黃旗一面上寫紫微帝星
劉秀旗號東方青旗七面上寫角亢氐房心尾箕以
按青龍之象南方紅旗七面上寫斗牛女虛危室壁
以按朱雀之形西方白旗七面上寫奎婁胃昴畢觜
星以按白虎之狀北方黑旗七面上寫井鬼柳星張
翼軫以按玄武之精各繪星宿形依次樹立凡應召
者務依次序執旗一面大書姓名于旗側以應天兆
毋得有違（老旦）向內云（科）軍師將令諸將各報一旗
大書姓名于旗側如有將令執旗上臺听令（衆將）得
令（生）姚期听令（外）有（生）你可帶三千先取佳陽（外）得
令（下）（生）馬武听令（占）有（生）你可帶兵三千收取棘陽
（占）得令（下）（生）杜貌听令（丑）有（生）你可帶兵三千收取
胡陽（丑）得令（下）（生）岑彭听令（旦）有（生）你可帶兵三千
先往南陽探其勝負如勝回兵如負你可提戰救援
主公（旦）得令（下）（生）馮公孫你可為統兵大元帥（末）得
令（生）李通你可為前隊先鋒（老旦）得令（生）軍將差完
主公親自統兵先往昆陽索戰倘有不備竟往南陽
而走即日先拜主公為肖王然先起兵衆將一齊來

丑(白)占外丑科(生)主公請上待衆將拜立(小生上)用
天地科(衆拜科)(小生)鼎立從來事有因無端莽賊篡
乾坤荒蕪田地民塗炭致使干戈不太平孤非自專
即位恨王莽無仁上滅平帝洗其宗廟下陷吾兄陷
其齠齔自莽賊篡位之後風雨不均禾稻無種黎民
竄竄天下荒荒一者復先帝之基二者雪人子之忿
權立爲漢肅王待後平治之日憑衆文武推舉仁德
者居之天下非吾天下乃天下人之天下也令孤親
謁桐江請士求賢拜鄧禹爲軍師倚仗帷幄之功輔
成大業爾諸將官宜体彼此之心尊其調燮助孤之
力倘得誅賊復業之後與國同休
勿孤朕望就此起兵前去(衆)得旨
【玉芙蓉】(合)眞龍喜出淵平地風雷捲起甘霖枯骸是
處沾濡除強伐暴興炎漢荆棘芟夷雪大冤勤征戰
師行令嚴奮英雄管教恢復舊山川
【排歌】舉義勤王旌旆蔽天勢如破竹昂然先聲已震
鳳樓前不斬樓蘭誓不還軍威肅將令嚴穴中螻蟻

命難逃民心順甲利堅昆陽一戰凱歌旋

卽牨兟猻出五陽　古云擒賊必擒王
要除莾賊圖恢復　今古興師第一場

第三十六出

（净）糾糾身長丈八長腰間常帶血痕光紛紛螻蟻爲何慮遇敵之人一命亡小將巨武覇是也聞知劉秀起兵要取五陽探子前去未知何如（旦）千層浪裡沓身轉萬丈崖頭有命帰報報轟旗遮天蔽日刀鎗賽雪擬霜堆山塞海出昆陽四下烟塵莾蕩馮巽先衝元師蕭王後督鋒鎗中軍鄧禹出威揚聲道擒王滅黨（净）就此起兵前去

錚音介

中央閙（净）千軍萬馬長驅進削草除根盡各要奮天威齊努豺狼性干戈速整昆陽大征若得凱歌同戴道敲金鐙

無端孤兎犯豹狼　螢火焉能並月光
試看泰山傾壓夘　何須車跡抵螳螂

第三十七出

【水底魚】（小生末衆）戰馬如雲、刀鎗耀日明、昆陽大戰、教他一命傾、（下）

（丑淨帶衆）兩國相爭、今朝玉石分、妖人劉秀、定教活捉擒、

（小生末衆上淨老旦衆對陣科淨勝小生衆敗下）（淨）走了不免追上去

【普天樂】（淨）翊眞龍、追鶩驥、破竹聲、滔天勢、金牌聚、金牌聚、虎豹熊羆、殺教他潛地無依、（吁）看炎劉敗取、天教火德灰、當王吾新室滅渠室滅渠樵顛無遺（下）

【朝天子】（小生衆）怪妖風滾塵看陰霾擁騰恨天滋元惡成僥倖征聲聒耳畫機籌未伸被豺狼衝吾陣人愴惶早驚馬砲哮不行急急奔急急奔急到南陽把軍

威再整再整運神功把妖氛净把妖氛净（下）
【普天樂】（淨）捲殘雲祛浮翳震雷霆誰禦揮刀處揮
刀處風雨霖漓暈區區授首無疑（合前）（下）
【朝天子】（小生）（衆）嘆吾曹數奇故檮杌未除想滎陽敗績
非無智精神抖擻孩下戰可期臨大任非容易聽追
聲已遍覷斜暉已西早早馳早早馳早須有日揚眉
吐氣吐氣挽天河兵戈洗（下）
【普天樂】（淨）日將西揮戈駐縱獅蠻無容憩追窮寇追
窮寇一網無魚設他四潰流離（合前）（下）小生衆上科（生）主公巨武霸追騎
甚急我軍困倦難與打戰不免早奔南陽再作區處
（末）來到此間乃是滹沱河了柰無船渡怎生是好不
知河內有氷否看哨探的看來回報（雜）（科）沒有氷（末）
拏去砍了叫軍中王霸看來（衆）听得叫王霸心中好

駕怕若要過此河除非說大話河內水堅儘可過得

（丑）如此郤好（衆唱前）早早馳科（淨唱）呀看炎劉敗聰上追科（淨）劉秀休走原來他已過河去了還須趕上呀霎時間河水消化過去不得莫非是他數來合休

丑自休兵轉去縱轡躍金鞭全軍唱凱旋功成闘帝闕喜色動龍顏（下）（小生）（衆）幸得渡河追兵已轉權且屯營在此

江頭金桂（小生）吾志非圖王霸漆身爲國家憶昔先王辛苦劍斬妖蛇擬炎劉播遷遐到今日呵怎忍見摧殘荆樹禍及萱花因此上重興白水涯不想莽賊新得巨武霸猛勇難當如虎添翅封我軍威莫非天數欺吾中興漢室乎（末生）主公勝負兵家常事何須憂慮量莽賊草霜薤露頃刻而消主公一統中興指日可待安可因此一敗而灰大志乎想昔日夷吾三敗三敗他後來一匡天下（小生）軍師元帥言之有理果然上下同心定取奸雄授首讒嗟呀平寃雪恨由明輔伐紂興周仗子牙小生只是目下人馬

無粮如何是好（末）小軍可到村落人家好問一聲漢兵與王莽交戰至此人勞馬倦有粮食借用一飡日後自有酬賞即來回報不得乘此攪擾（衆科）（丙應科）自王莽登基之後天下荒荒禾稻無種因此沒有若得應得相助（衆科）（小生）軍師如此怎生是好（生）土公遂可對天禱告願求陰助（小生科）

（又）撮土星前月下圓靈豈謬差端只爲三軍餉絕兮
沸喧嘩使冊束紊似麻恨只恨窮奇逞詐流毒中華
頓使冠裳倒置兵革交加却把乾綱逐浪花（小生）皇天后土念我劉秀家仇深邃國難連顛興兵討逆豈期敗績至此粮餉不敷三軍待哺兩計難支只得遥空禱告
望蒼蒼顯化顯化秉正驅邪倘得神天默佑那時節呵敢矜誇恐
吾神武誅新室復使華夷頌漢家（末）天色已晚分付軍中且暫安息（衆聽科）（旦上）浩浩何人見混茫崑崙氣脉本來黄滄浪應有乘槎客直泛波聲到耳傍吾乃滹沱河水神是也今見劉秀新敗甚兵于此人馬無粮不得前進但此人指日當享天位以正中原奉上帝勅命令我少

第三十八出

（丑）寳劍橫秋分賽明威風到處鬼神驚一條鉄棍隨身帶耍做興邦定國人自家姓鄧名惲字君彰生來怪異性本忠良謾道草衣木食果然服ㄦ飧霞身不滿三尺办能制萬鈞用的是銅堅鐵棍騎一匹燕色追風一向暫居寳雞山下今聞漢蕭王欲取鴻基不免前去助他一陣ㄦ成大事多少是好前面有一騎人到來且躲在一傍看他有何勾當（生上科）道上風聲萬馬奔遊人徧地暗消魂蒼蒼古木遭離亂鶴泪猿啼不忍聞我鄧禹素抱謭劣之才蒙漢王拜為軍師感承推轂之榮謬任運籌之責昨我主被巨武覇詭施邪術少挫軍威欲召赤眉前來助陣恐此曹久淹為寇狼性尚迷倘使者不得其人鳳音空下須索自走一遭也呵謾言廊廟汪洋上且作天涯遊說人

【新水令】（生）天涯一騎逐紅塵猛然間壯懷猶盛巳摶鵬鶚翅徵辟虎狼群空谷傳聲傳聲使伊曹早歸順

【步步嬌】巉峪石磴霜足難馳騁無柰羊腸迴行行不

住停冉冉雲烟冗自迷樵徑他出岫本無心深愧我
從戎滸子圖奔兢想樊崇當日聚兵舉心亦好很也
折桂令想赤眉罔慕龍飛未遂鯨吞聚首蛙居今日
去釋彼狐疑須教他同輔鸞轝他若是脩省得魚化
鵰騰異日裡兎得兎死狐悲俺這裡且自驅馳對景
嗟吁爲探那虎穴龍巢難禁聽鶴淚猿啼須索趲行幾步
江兒水虎跡空林雨猿啼絕領雲想吾儕此際勤王
命居帷幄曾把機籌運走程途怎憚風塵凛只爲烟
烽多警指日功成早問赤松行徑呀行過山灣早臨渡口遠遠望見蘆
葉岸邊繫一隻魚舟不免打喚一聲漁翁在否（丑）自
別蓬萊島潛依江水邊忽聞人語鄉音敢是問津人
來者何人願知姓名（生）吾乃漢蕭王麾下軍師鄧禹
是也因吾王與王莽交戰失利奉命往召赤眉發兵

顯神通陰垂佑助不免分付當方吏卒將野草變作粮食以濟其困多少是好劉王听我分付（科）

【清江引】今朝天意相扶你野草堪茹九五汝當尸蟒賊成何濟聽吾言醒來當記取（下）（衆醒科）（生）呀前面有一隻魚船有烟起叫小校看來（雜科）有一碗麥飯在此（小生）拏上來這麥飯儘可充飢我三人吃了一半將此一半分付衆軍各賞一粒以見軍臣共食之義（內云科）主上有此推食之恩軍中盡懷效死之義明日願決一死戰以報仁君（雜科）滿江岸上出起青葉紅梗不知甚麼（小生）掘起來看（雜看）中間一大柯四圍擁小子（小生）剖開看（雜云）是白的（小生）我省得夢中河神云天天垂救野草變爲粮食以濟我軍料是此物待孤先嘗（末）待臣識嘗之恐是毒草（小生）若是毒草寧可傷孤不可累你非命（嘗科）有些麻口衆軍可砍木爲柴疊石爲灶煮熟將來嘗（衆科）

【億多嬌】（小生）神有靈事竟成野草堪茹足濟軍食栢餐松誠可微（合）準擬中興中興立見奸邪敗傾

（又）（末）湯武臨神鬼欽從此崢嶸帝業成豈似區區醜
（生）勇群（合前）衆食料（小生）分付衆軍將此食暫且充飢草葉與馬作料（衆）謝天謝地（末）主公雖則人馬有糧奈我兵微將寡難與爭鋒早作良謀以圖征討（小生）漢將樊崇因蟒賊篡位聚兵四十萬把據黑松林自別赤眉大王我欲徵此一彪人馬前來助戰奈何無人爲使（生）主公有命待臣去走一遭（小生）若得君行必遂吾志听我道來
鬪黑麻那綠林豪士世叨漢臣爲蟒賊覬覦效尤僭稱雖嘯聚頗忠貞仗汝宣揚必歸吾命（合）此行匪輕倉惶莫暫停化彼前來助吾取勝
（又）（生）捧馳羽檄遠赴松林把聖德彰聞必歸斯命願此去早回程再統貔貅把狠烟掃清（合前）

奉命到軍前　心旌兩地懸
要成佈衚割　敢憚路途艱

哵戰來到此間望借漁舟一渡多贈酒錢（丑）原來如此吾聞劉文叔厥廓大度同符高祖當施神武以干中興何得自甘鄙陋援兵于寇豈不貽後世之恥笑乎且赤眉烏合之衆烏號不常焉能同舉大事望軍師勸轉絲韁帶引某家同見漢王使某得效尺寸之功以副天人之望不亦可乎（生）呵呵那王莽新得巨武霸身長丈二腰大十圍術驅群獸力舉千鈞堂堂名將尚不能取勝于有你是何等之人敢誇大口眞個是螳臂當車不知自諒你且站開休得阻我行色（丑）軍師差矣漢王以軍國重務委任于君當以薦賢拔士爲要安得以容貌取人頓失天下之望乎軍師少駐听我道

出頭掬

【雁兒落】我待學助軒轅滅蚩尤我待學輔周文伐殷紂我待學助高皇誅暴秦我待學逼項羽烏江覆我待學管夷吾佐齊桓我待學伍明輔將盜跖收（生）巨武霸不是尋常可大的（丑）說甚麼巨武霸能格獸俺這裡揮鐵棒如拉朽只怕作行不逮言悞了大事（丑）休休也不索與我閑窮究管教

輻音福
輳音湊

你分也麽憂肴取我斬奸邪如唾手（生）果然如此莫非天授異人扶持漢室你是何方人氏姓甚名誰（丑）某家姓鄧名禪字君彰久寓寶鷄山下待時而動今日欲投明主自薦君前望乞提拔（生）既然如此帶你同去同見漢君

僥僥令（生）邂逅相逢義勇儔傾葢話相投武藝施為須應口方稱我舉賢才社稷憂社稷憂

收江南（丑）呀早知道塵埃中有真命呵誰待要久淹留良禽擇木自來由須臾談笑覔封侯非是我大口敢是他合休異日功成把凱歌齊奏

園林好（生）喜英雄一時輻輳赴轅門不須逼留安排着龍爭虎鬬閙嚷嚷幾時休急施展擎天手

沽美酒（丑）勤王志今已酧身到處鬼神愁怒氣騰空

起）唇樓管分破帝王憂起渭水扶佐成周這知遇誠

非是偶誅強暴謾勞機彀我呵到沙場如彪似貅宗

雪取秦仇楚仇呀那時節方顯你薦韓侯的功懋

髭音標

（清江引）（合）交談竟日非誇口浩氣沖牛斗相攜面漢

君同把奇功奏平昔里威風愈加要抖擻

抖音斗

第三十九出

（小生末上）望梅能止渴成敗在窮蒼我心如火急人

不爲吾忙軍師前去借兵怎麽不見回來（生丑上）十

年磨一劍霜仞未曾試今日把似君誰有不平事來

此已是待我先進主公去在途中遇着一將名曰鄧

惲字君彰他道赤眉兵不能破武霸帶來在此（小生）

軍師好悞事這等小人安能究敵武霸（丑）主公常言

道豺狼雖小志敵猛虎何輕視小人

（端正好）（丑）一意要尊王畢志誅強暴莫笑身材小從

來氣宇高（衆）弱固不可以敵強（丑）說他強惹起心焦燥看此去

定教他歸降便了（衆）你又要我衆人首功了

滚繡毬（丑）須不是我要（衆）武覇就敵不可燥暴（丑）也不是我燥論

要離曾將慶忌謀巨武覇當不過老將英豪（小生）只恐駟不

及舌（丑）須不用你嘲也不用你誚只憑着鐵蒺藜鐵蒺

藜必顯功勞（小生）他有聚獸牌合扇刀你怎麼破他（丑）頓教他聚獸牌無

用枉使神通合扇刀用展機謀（丑）小小胸身有人才包藏天地在心懷手

提鐵鎚隨身轉打破妖人聚獸牌（丑下）（外上）干戈備

未定監于死何漸小將馬援是也來此就是蕭王處

不免進前去見他（小生）汝是何人（外）小將馬援特來

助戰郅惲鉄棍能破聚獸牌小将飛鐘能破合扇刀

（小生）若殺得武覇之時必定封侯（丑）

不慕千金賞　願施咫計功

城頭高處望　一戰字教空

第四十出

【普賢歌】（净）貔貅萬竈烟如籠大戰昆陽奮我雄劉兵討以窮追他不見踪定把妖氛一掃空世亂生良將功成萬骨枯黎元遭折剉無以樂樵蘓昨日追那劉秀渡河而去以曾差人去打聽未見回報（雜）報報報不好了前面一個小小的人兒要來拿你（净）哇就與我出兵前去對敵（丑上）虎臂狠腰三尺軀步行千里疾如飛幾將鉄棒輕招起好是烏龍挺怒雷前面巨武霸在那里不免和他對陣（戰科）叫小校拿一碗水來吞了這小賊（丑）巨武霸敢是輕戲于我三軍不須助戰待我自去擒他（二戰科）

【紅衲襖】（丑）論胸中有大才滅渠魁何須把陣排只叫你一時間烟飛火滅歸天外魄散魂飛散滿垓恼得我擧雙睛怒滿懷你入天羅怎脫灾一條鐵棍輕拈起打破妖人聚獸牌（殺科）（丑下）（外上殺科）

（又）一任你怒勇梟遇天兵怎恕饒欺君奸賊當誅勦
奸似鳥入牢籠命怎逃奮威風萬丈高破奸雄斬馘
梟輕將巧計安排也抓碎妖人合扇刀（淨外下科）（淨）用聚獸牌引虎上科（丑）用流星打科（淨下）（丑）且喜這賊被咱打死不免收兵回轉

何怕王兵百萬多　胸中自有散兵歌
嫩草怕霜霜怕日　惡人自有惡人磨

第四十一出

（破齊陣）（旦）時易乘鸞人遠天寒覓雁書遲覔篆烟清
鳳簫聲杳動是離人愁况落葉梧桐秋霜冷花殘桃
李夜風狂幾時愁黛放洛陽城東桃李花飛來飛去落誰家香閨女惜顏色坐見落花長嘆息今年花落顏色改明年花開復誰在已見松柏摧為薪更聞桑田變成滄海古人無復洛陽東今人還對落花風年年歲歲花相似歲歲年年人不同奴家丈夫因為家仇國恨因此遠會兵戈要除

惡黨自他去後久無消息使奴日夜牽縈尤恐天涯
人事其謀難遂不知何日班師凱旋○碧玉闌東獨
一番無情枕簟夜生寒望郎獨
立山前久泪染蕭相竹盡斑

【清江引】春山愁壓難舒放獨倚危樓望郎去在天涯
日遠踈曠怨分離恐聽得陽關聲斷

【四朝元】陽關聲斷唱驪駒促去忙恨無能留戀盡訴
衷腸囑付叮嚀講看淚流血痕血痕只見雲樹參差
霜風飄蕩行色匆匆去心怏怏繾綣難厮放嗳征戌
赴窮荒怎學得玉勒驊騮朝暮同君往分手別河梁
含悲歸繡房難禁心癢心癢廢寢忘飧行思坐想

【清江引】行思坐想成心恙懶去粧宮樣釵鳳凰枝鈎
控芙蓉帳對斜暉極目處雲迷荒壤

四朝元雲迷荒壤思君目斷腸更香閨冷落繡閣淒涼枕孤人自傷慢沉吟半晌半晌只怕鴈阻關衡魚沒瀟湘寶鏡塵埋絃琴絕響都是離情狀嗳銘子里自思量屈指歸期約擬定成虛慌睽隔似參商禁苦夜長願班師回將回將永效歎歎並同隨唱

清江引並同隨唱追麗想禮敬如賓樣生願兩齊眉恭謹還謙讓到黃昏對孤燈螢螢悽慘

四朝元蛩吟悽慘寒燈半有光聽金風颯颯玉露瀼瀼銀箭催更喨嘆情懷悒快悒快看那香冷黃猊塵封白象簾控金鈎恍翻羅帳不寐添惆悵嗳魂夢遙巫陽地北天南兩下空懸望鐵馬韻叮噹銀蟾影陋

光芭蕉風蕩風蕩淅淅零零總成愁況

（清江引）總成愁況多磨彰展轉生嗟嘆畫眉人未歸懶把粧臺傍他那裡枕戈眠爲朝庭心懷忠讜

（四朝元）心懷忠黨驅馳爲紀綱痛凌夷家國塗炭宮牆戴天仇雪未忘存亡冤枉因此遠涉風塵不避鋒芒會請兵戈誅殄豺狼要使人欽仰　㘆　興創定封疆名就功成樹業凌烟上惟願奮膺揚凱旋歸故鄉忠臣良將萬古千秋芳名堪尚

獨倚危樓望眼黄　思君無日不牵腸
倩誰剗得重山破　直去長安見遠郎

第四十二出

（生）小生（末衆上）天運興劉日諸兵大奮威城頭高處望擬有捷書歸且喜二將出陣殺武覇滅王莽一臂

分付中軍擁入王城拿了王莽不得有違

（水底魚）戰鼓如雷人人逞武威洗其宗廟誅莽莫稽遲（下）

（傍粧臺）（旦）入宮朝廷憂慕慮不安寧愁裊裊如牽腸腸熱熱似薪焚（鴉叫科）鴉鳴鵲噪魂飄蕩意懶心慵怒轉增情懷悵愁亂生不知顛倒爲何因眉慼慼窗前風吹瀟湘竹動靜如人浮生空碌碌妾乃王莽之妻李氏自從身歸宮掖勉強捱度時光實不苟圖富貴不得已而居之往常見他在宮權樂歌舞喧嘩近日心縈悒怏莫非外面有甚緣故倘有不虞置身無地柰何柰何正是愚夫不听妻言諫惹得他人道不賢

（引）（淨）披（丑）鴉鵲同行吉凶難定奪乾坤雌雄相競眼見得亡國遁（旦）大王你今日爲何這般粧扮（淨）（白）不如意事長八九可與人言無二三誰想劉秀今番

大兵欲復舊業先據五陽五陽一動吾國江山休矣巨武霸出敵不知勝負何如倘若有失不免親征叫此披掛兩侯（占）大王這幾月夜夢不祥若是他兵多勝我免不得刀劍之刑（淨）咳天生德于予漢兵其如予何

【泣顏回】（淨）大廈欲將傾倩誰將一木支撐狠心虎性今日惡貫將盈兵疲將困想江山傾刻成虀粉自躊躕有翼難飛去思量無計逃生

【北孩兒】（生衆）（上科）鼓振鑼聲西風動角鳴誅亡不義天心順與我忙傳令忙傳令齊排下擒龍陣

（又）（占）當初常恠牝鷄鳴到如今怨恨何人恹恹天網果然立在邊廵良言苦諫不依聽好一似塩落井自堪怜國破家亡痛傷情鏡破釵分

（北孩兒）（生帶衆上）砲發流星如雷似電奔洗其宗廟誅齠
齜與我忙傳令齊排下天門陣
（不是路）（探子急報）虎鬬龍爭萬里山河壓卵傾忙傳令雌
雄陣裡一時分造宮庭軍中探得輸贏信急請君王
與助征劉兵狠雙睛武覇命歸陰火消烟净烟净（净）
聽說心驚吾國天亡待怎生魂難定身孤計拙無投
奔誰想蕭牆起禍根心悲哽夫妻性命難逃遁纔成
灰燼灰燼（占）大王軍中報來事將危矣怎生是好（净）
梓童你看兵民動地金鼓喧天劍戟層層
旌旗列列料我和你性命難保當初不從你勸諫至
今悔之不及你賢德之名傳聞若見決不忍誅戮自
古人急計生我如今將你留在宮中我逃往外郡再
集雄兵復仇便了（占）一與之醮妾終身之望若君地
妾當初若諫君執迷不听枉作禍階今日禍因實所
自爲覆載不容君言留妾于宮中彼不相害妾已思

知其故速死者妾也古道妻賢夫無禍因妾不賢以致夫有禍端必加刑戮于今之事惟死而已昔日嚴安妾安今日君在妾亡我死九泉憑冤誰訴魯將諸口諫君君假在喑聾故不聽造下逆天之大罪今恐無計脫殘生

大迓鼓（占）終朝諫不聽致令今日受着災迍思知禍福果無門煩惱皆因你自尋（合）活活分離死無葬身

（又净）夫妻比鳳群遭逢大限兩下離分干戈布列容啓屑他准備窩弓待虎行（合前）（净）忠言逆耳不肯聽誰想今朝禍已生夫婦從今成永決相逢只在夢裡尋（净下）（占）爲人莫作婦人身百般苦樂由他人今日他去逃身不顧我命恐兵馬進宮落其圈圍遭他刑戮不如自尋一死免受人之污辱

四朝元（占）如飛初定期諧百歲只指望婦隨夫唱此日和鳴生死相牽併誰想坑奴落井落井今日裡君

去逃生妾亡非命死向黃泉目也不瞑冤苦如山伽

嗏死後冤誰申我又非饒舌讒奴助夫行橫若得辨

分明死也得甘心千思萬想千思萬想昔日進宮時節聞得平帝之母投井而亡今思無生計欲向井泉這是一還一報報來無私這是善惡昭彰分

明果報（投井）（下科）

第四十三出

（生）一日離家一日深猶如孤鴈宿沙澄揔然外國風光好也有思鄉一片心幾載忘歸道身被利名羈冤佗無處報日月果懷私小生山東人向在京華貿易被上莽擄其貨物去賞邊軍未得歸計今蕭王舉兵洗其宗廟誅其九族將進皇城此賊必然逃走不免在此殺莽賊以雪舊恨多少是好

普賢歌（淨急走上）吾命天亡雖懶奔塞海兵戈動地屯誰能排計援吾身萬載留名姓字聞莽被殺科（小生棍上）追上去呼此賊

已化爲蟒蛇了問他殺莽何人也（生）小生山東人氏姓吳（六兒科）（末）此人一時毒冲不語氣絕了（小生）此人立此大功不得受封而死也罷就此立起廟宇封爲吳公之廟春秋二祭喜得大賊已除差官去接陰娘娘到京選日登基

（香柳娘）嘆王蟒死矣死矣揚眉吐氣家佬國難方纔洗今卸甲有期有期賣劍買鋤犂百姓愁更喜樂堯天舜日重整漢王基播仁風甘雨

（神仗兒）赤符重耀運亨乾道載道民懽笑諸國從容班詔追湯武繼唐堯

第四十四出

鳳凰閣引（生末）（衆上）兵戈纔定喜搆鴻基賀太平八方烽息罷烟塵一統山河屬聖君萬載千年流芳百世今乃

全像王擇皇后處巴牀下

黄道吉日衆文武皆
冠帶請我主登基
【引】(小生)**大惡已消除百姓歌堯舜**(生)主公請正位待臣等拜賀(小生)衆文武
孤儕稱之日曾有言來待天下平治之日任憑衆文
武推舉有德者居之(生)當今之世惟主公仁聖相孚
可爲萬乘之君休得謙遜請換冕旒登位(小生)昔者
太伯二讓天下民無得而稱焉孤今專取可遺萬世
之恥(衆)主公眞堯舜之君正宜居之(拜科)(小生)寡人
劉秀昔先帝不幸遭蟒貽國祚國湮將傾危全賴衆
卿協力除其大惡得復舊業寡人欲推其位今衆卿
勉朕之願華夷拱服雨順風調旣得安居當思危日
有功之臣思無以報建築雲臺將諸將名列于上畨
功不朽庶几以啓爲臣之念以盡褒典之隆慰爾衆
心左丞相鄧禹封高密侯征西大將軍馮異封武澤
侯翊衛大將軍姚期封安城侯輔威大將軍馬武封
陽虛侯驃騎大將軍杜茂封昆陽侯征西大將軍岑
彭封武陽侯馬援封伏波將軍邳彤封內外都招討
二十八將將將封侯餘下諸軍論功陞賞(衆科)
小生再設玉祠排先帝十二廟宣楊玉貞上殿
【引】(旦)**自分裙釵愚婦何緣得貯椒房**萬歲(小生)封楊玉貞爲正宮皇后楊

太公封爲國丈妻封國母恪守乃職謝恩（衆）萬歲科）

【山花子】（衆）微臣何幸沾恩宥承恩自覺包羞頹遲齡如同海丘還期萬載千秋太平時干戈盡收皇基大業此日酧褒功賜爵繼古留建立雲臺拜將封侯

（又）今朝喜得鴻基就標名與國同休樹勲業當加爵猷爭誇志並伊周（合）（前）

（又）（旦）山鷄幸得配鸞儔冠旒擁族盈頭食天祿何由報酧承封永世無休（合）（前）

（又）腰閒金印如懸斗聲名已播皇州染恩光團花錦裘圖刑鳳閣龍樓（合）（前）

【紅繡鞋】天書飛下龍樓龍樓雲臺畫像封侯封侯書

鐵券覆金甌安宇宙賀千秋

龍樓風雨日　君臣際會時

中興今已定　萬載賀唐虞

雲臺記卷下終

全像點板張子房赤松記

金陵唐氏藏板

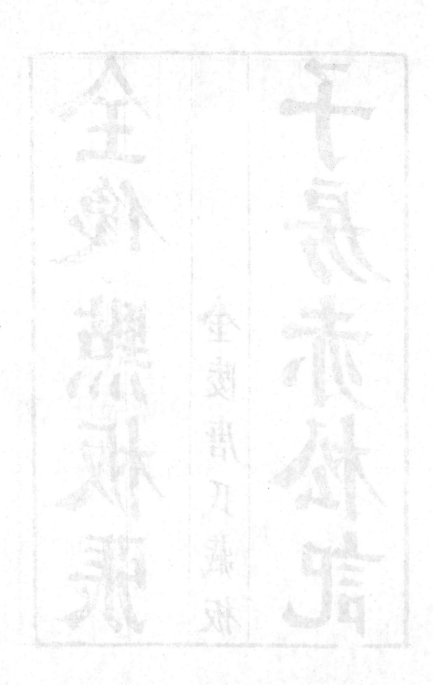

新刻全像點板張子房赤松記目錄

目錄終

新刻全像點板張子房赤松記卷上

第一齣　開場

開場詞（末）子房傑士散千金，報主長懷忠義心，博浪一椎謀尚淺，圯橋三屈計方深，誅秦滅楚功成後，送託赤松歸故林，蕭何任重終繫獄，韓信功高亦被擒，惟有子房明且哲，高節清風冠古今。

蕭相國名齊韓信　黃石公書授張良

劉沛公終爲赤帝　楚霸王自刎烏江

第二齣　出遊

小重山（生）烏兔相馳不暫休，無君三月也，恨悠悠，謁金家業且拋投，交俠客，相與報君仇。（阮郎歸）吾家五世受韓恩遺君

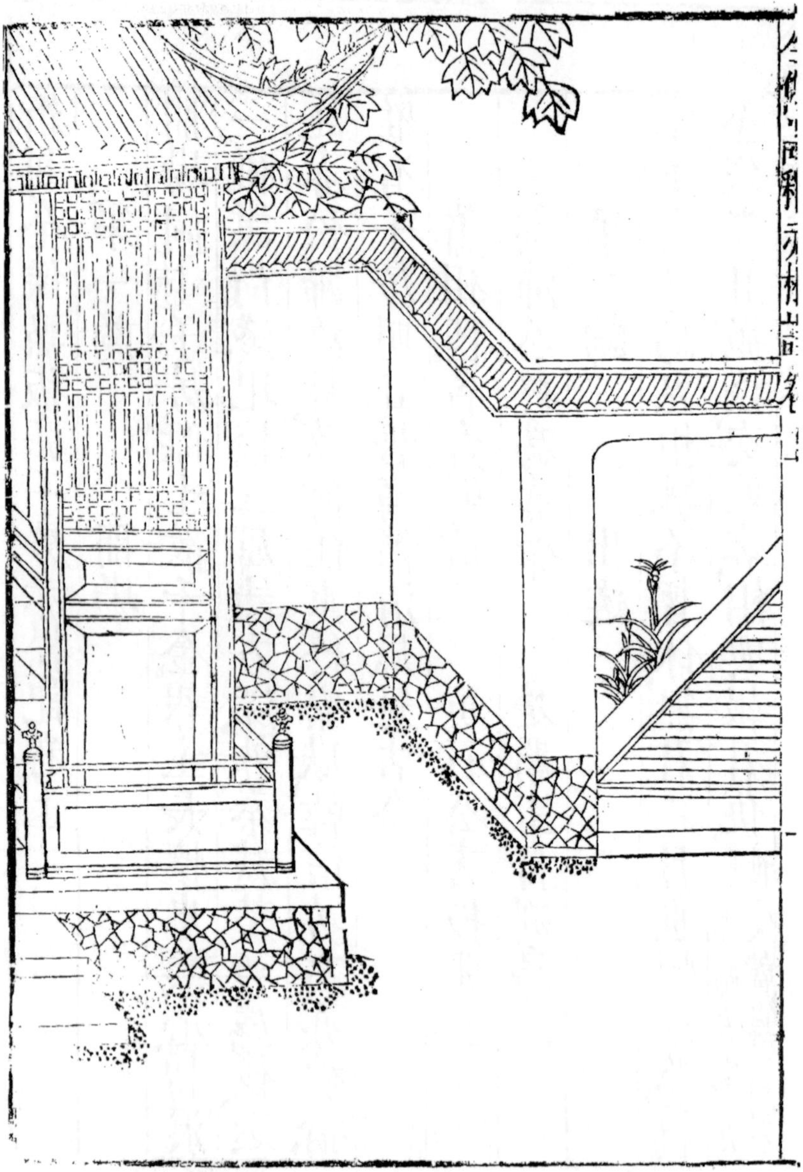

未足論只今天下屬强秦吾韓已并吞回首處欲消魂蘇臺走鹿羣欲誅强賊恨無門丹心一點存小生姓張名良字子房娶妻李氏次室許氏小生身居韓國職受司徒自從吾主韓王不幸爲强秦所滅痛不可當以此小生不惜家產交結傑士欲爲報韓擊秦之舉未審天意若何道猶未了二位娘子早到

前腔（旦占上科）社稷丘墟正可憂忠臣當此際欲何求（占）銅駝荊棘不勝愁風雨夜山鬼啾啾（見科）（旦）國破君亡心崩裂（生）眼看干將垂淚血（占）弱水三千流不竭（合）此恨此冤難洗雪（生）娘子我家五世事韓今爲秦滅奈何奈何（旦）相公君父之仇不共戴天爲臣子者必當捐軀報效豈可置之度外（生）小生爲此之故日夜遑遑如今凡欲出門前去與百餘年少以圖報仇之舉（旦）正宜如此

石榴花（生）清顏消瘦心在報韓仇情未展淚先流還須赤手向前求把千金續買吳鈎交結士儔且維持護存韓後（合）會須殺無道强秦荷恩榮裂土封侯

【前腔】（旦）欲存韓後須苦運心籌、宗與社變荒丘、誰
臣子不慙羞、相公你不見當時齊襄公（生）齊襄公却怎麼（旦）他能復九世之
仇、功高業優、這芳名美譽垂不朽、（合前）
【前腔】（占）君休株守、及早爲韓謀、人處世類蜉蝣、一生
消得幾春秋、把豐資厚産拋投、今將遠遊、我知君義
膽真如斗、（合前）（生）小生就此起程前去（旦）相公此去幾時回來（生）若不成功誓死不歸

丹心戀國勢如焚　亂後孤臣愧獨存
家散萬金酬士死　身持一劒答君恩

第三齣　訴苦

【水底魚】（丑）多智多謀、官家做作頭、魯班高手、能造鳳
皇樓、能造鳳皇樓、自家咸陽城中一箇木匠被官家差去起造阿房宮一去二三年不

得回家如今逃回家去取些盤纏又去做工我被他累死也我造阿房宮阿房宮未了若要工程滿一直做到老呀遠遠望見一箇老哥來了等他同行

【前腔】（淨）白髮盈頭、長城築未休、如今回去、又好築新丘、又好築新丘、自家咸陽城中一箇泥水匠是也官家差去築長城一去二三載不得回家如今回來頭髮都已白了差去築長城長城築未成如今得歸去歸去子孫迎（見科）（丑）老哥何處來是這般狼狽（淨）老夫在塞上築長城回來（丑）辛苦辛苦（淨）老哥你往那里來（丑）我是箇木匠被官家差去起造阿房宮纔來得又要去（淨）你的苦就是我的苦（丑）你築長城有何苦（淨）人言歷盡苦中苦纔爲人上人老夫辛苦已歷盡此身將作地下塵（丑）我做木匠比你築長城的又苦（淨）你做木匠有何苦（丑）諸般匠人有得偷惰有木匠沒得落若要吃苦與受辛便去官家做木作（淨）這也說得是老哥你聽我說

【五更轉】（淨）我是咸陽城一病叟、怎禁得搬磚運石頭、搬磚運石、運石不停手、累得我形骸十分黃瘦、老長辛[illegible]

祖宗臉底不知死了多多少少的人你看黃沙裡、白草中骨枯朽、或是陰雨晦明之日或是天昏月暗之夜只聽得陰靈哭泣、哭泣聲直吼、秦皇只憑胡人要築此長城只怕禍起蕭墻、不用長城防守、老哥你是那里人

前腔(丑)我是咸陽城一匠手、怎禁得連年夫斧頭、我小人生得强壯幸得不死我家中若老若小呵一家累死、累死十餘口、那秦王無道想他毒害生民、安得長久、我雖不死老哥你看這阿房宮幾時造得完我這賤骨頭、偏勞碌多生受、不如做隻做隻安閑狗、你看一塊荒土造成宮殿望去只見金碧輝煌只怕一火焚之、蒿萊如舊、(淨)老哥如今朝廷法度最嚴我和你不須多說了各自回去罷(丑)正是正是你自回去我去做工

築罷萬里城　十指免流血
阿房土木工　何時得休歇

第四齣　謀擊

如夢令（生）莫笑身微骨瘦、義膽從來如斗、自韓國被强秦所滅十餘年矣報仇之心未嘗一日而忘可奈强秦深居九重縱有才力無地可施聞他今日出禁東遊可與力士商議乘此機會謀殺那厮以雪吾忿以復舊仇豈非上策力士何在

前腔（末）寶劒氣冲牛斗、出匣龍蛇奔走、（見科）（生）你知道秦王出禁東遊你可操鐵椎一柄伺他到來下手一椎擊殺這厮（末）此計甚好但秦王出遊護人太多我和你怎生近他（生）不妨我自有處置看他護衛之人如何打扮我和你似他一般打扮遠遠隨他前去看他擾攘之際挨入其中那時節乘機下手（末）此計甚妙甚妙

園林好（生）秦車駕今將出遊、吾當爲韓王報仇、大[illegible]屠龍之手、成妙筭遂良謀、（重）

前腔（末）秦暴虐毒流九州、韓社稷今爲故坵、此恨[illegible]

難消受、不殺取怎干休、（重）（生）力士就此前去（末）是

天下奇男子　人間大丈夫

誅秦報韓主　端的是良啚

第五齣　遊幸

（出隊子）（淨扮秦王出遊）民安物阜、民安物阜、帝主乘春遠出遊、鑾旌鳳節擁皇州、象輦龍車相輻輳、（合）日煖風恬、花濃柳柔、（淨下科）（生末上）

（前腔）（生末）長途奔走、長途奔走、汗雨淋身塵滿頭、此行若得遂吾謀、瑣瑣微勞甘自受、我想那强秦惡貫滿了　必在今朝、死於我手、力士你看秦王車駕在前　我和你遠遠隨他前去　必在今朝、死於我手、（生末下）（淨上科）

【前腔】（淨）春明時候、春明時候、燕語鶯聲滿帝州、九華龍衮翠雲裘馳道天香熏徹透、日煖風恬、花濃柳柔、

（淨下科）

（生末上）

【前腔】（生末）車塵馳驟、車塵馳驟、鎮日長驅未肯休、傷財害事恣狂謀無益民生真可醜、車駕在前我和你打從捷徑抄去到博浪沙縣在大樹傍邊待車駕來時挨入其內可下手即下手也必在今朝死於我手、

（生末下）（淨上）

（生末隨上）

【前腔】（淨）頻頻回首、頻頻回首、見五色雲霞鎖鳳樓、太平天子事宸遊、惠及蒼生希世有、日煖風恬、花濃柳柔、（生末作椎擊不中逃下科）（淨）甚麼人無禮拿住了（外）這人不知從何而來又不知從何而去拿住[illegible]（淨）這人大逆無道着天下大索十日（外衆）本聖旨[illegible]好怪哉好怪哉幸得這一椎誤中副車聖上無事

賀可賀天寒日暮請
聖上返駕回朝罷

前腔（淨）穿花隨柳、穿花隨柳、阡陌巡行樂未休、是誰賊子起狂謀、椎擊龍車逃脫走、勑令民間、挨索遍求、（淨衆下）（生上）兩人相對奕各欲逞英雄只因一着錯滿盤都是空小生適在博浪沙指望一椎擊殺那秦王誰想誤中副車不遂所願賴得望風逃去不致傷身此亦不幸中之幸也罷罷罷雖施博浪之椎未如所願必借上方之劒方遂下懷

正是世上無難事只怕有心人

第六齣　進履

菊花新（外）翩翩鶴駕下丹霄、羽扇綸巾稱草袍、緩步上圯橋、俯水一聲清嘯、遊紫極住青都吾豈人間賤丈夫眼看蟠桃千載熟身經海水幾番枯老夫黃石公是也煙霞作伴宇宙為家曾讀太公之兵法不為孫子之詭謀既已有術不可無傳雖然如此明珠豈宜暗投美玉未應輕售必得其人方傳此道這里乃是圯橋下卻不免在此閑樂

一回多少是好

望吾鄉（外）箕踞江橋、秋波映草袍、三山回首紅雲杳、長嘯一聲風肅肅、無事縈懷抱、鬢眉皓、壽筭高、天地同吾老、

翹音喬

菊花新（生上）傾心露膽在吾曹、納叛招亡結俊豪、翹首望圯橋、惟見頹然一老、那圯橋上有一老者危然獨坐吾知鄉黨莫如齒不免上前施禮尊翁拜揖（外）老夫起居不便孺子不須下禮（生上）請問尊翁在此爲何（外）老夫在此觀水（生）尊翁木在江中心藏胸內恐不相觀（外）孺子你不知道孟子觀瀾仲尼稱水豈無故哉

泣顏回（外）俯首看秋濤、在江心嵤嵤滔滔、是我靈臺之內、霎時間萬慮俱消、吾知爾曹、這微詞與指點[illegible]到、豈不知逝者如斯、典籍聞聖訓昭昭、

頹音隤

【前腔】（生）師友久寥寥，幸尊翁拔我心茅，頓使微生來學禮雍雍，景仰高標。你看這江水中呵 這奔湍激濤，我方知此水如斯道，果纔知逝者如斯，典籍聞聖訓昭昭。

【前腔】（外）白日下林皋。晚風吹鶴髮蕭蕭，呀 頹然被履，坐忘懷忽墜圯橋，孺子你與我取履起來 你休得憚勞，吾聞弟子入則孝出則弟，也須知少者當尊老，你欲圖大事敢懷小忿（生）他怎麼曉得我欲圖大事 把胸中傲氣消融，纔做得百世英豪

【前腔】（生）取履下圯橋，念鯫生豈敢辭勞，幸得這履呵 安然無恙，值平灘不逐波濤，尊翁履在此（外）孺子你就與我穿（生）尊翁齒高，待後生不合如斯傲，（外）少侍長賤侍貴禮所當然汝亦何屈我亦何傲（生）是小子得罪了 與尊翁納履何嫌，任傍人笑口相嘲，（外）這孺子可教後五日平

明之際期爾在此處相會〔生〕他期我在此處相會必有教我也〔外〕孺子怎麽說〔生〕尊翁有命謹當如期而來

圯下清溪晝夜流　不知流到幾時休
古今天地人多少　來往風塵共白頭

第七齣　望靜

〔金瓏璁〕〔旦〕夢隨雲雨散、堪嗟鏡舞離鸞、羅袖薄、怯衣寒、〔占〕玉人遊未返、紅塵應滿征鞍、無鴈北、慰平安、〔見科〕

〔菩薩蠻〕〔旦〕碧梧霜葉半凋落銀瓶金井秋雲薄〔占〕小砌日荒凉草深啼暮螿〔旦〕蕭然遊未歇拜闕中月〔占〕已是授衣時妾方繅繭絲〔旦〕我想夫婿遠遊已經三月不知他幾時回來〔占〕奴家記得他去時說道若不成功誓死不歸此際望他回來尚早尚早〔旦〕你看閨中忽驚時變不覺對景傷情

〔江兒水〕〔旦〕柳巷西風緊、苔堦秋雨乾、碧雲紅樹驚秋

晚、長安遊子何時返、深閨冷落愁無限、那恐鴛儔折散、(合)縱有鸞膠、難續愁腸百斷、

(前腔)(占)怪底紅氷墜、沾成翠袖班、玉人無奈分違遠、爭知何日重相見、織成錦字難憑鴈、愁海無涯無岸、(合)(前)

(普賢歌)(丑扮蔣娘子上)花枝斜嚲髻雲鬟、惹得傍人冷眼看、羅裙八幅寬、綉鞋一捻灣、盡道儂家、儂家能打扮、

(前腔)(淨扮朱娘子上)翠翹金鈿玉連環、況是櫻桃一點丹、眉分柳葉彎、梅花點額間、盡說觀音、觀音來出現、(見科)(丑朱)娘子朱娘子隣右張官人出去了、他兩箇娘子在家寂寞、我和你日昨相期整治酒饌、到他家與二位娘子消遣一回、未審你酒饌曾完備否、(淨)酒饌俱已完備了、待我分付小廝送來、小廝、我與蔣娘子先去、你

快快送酒饌來蔣娘子請了轉灣抹角此間就是不免徑入呀二位娘子萬福(旦)呀蔣娘子朱娘子萬福(丑)你看他兩箇越發打扮得好了(淨)怎見得(丑)娘子心性愛奢華紅粉將來滿面搽試向沉香亭下立分明兩朶牡丹花(淨)蔣娘子說得不差(丑)怎見得(淨)張官人在家成雙作對今日官人不在家只是單單一雙却不是兩朶牡丹花(旦)休得取笑(淨)蔣娘子你看他二位娘子珠翠叢叢簇髩鴉手委艷艷玉無瑕若使相依洑秋水分明兩朶芙蓉花(丑)一發說得不差(淨)怎見得不差(丑)他兩箇都是雌的沒有雄的在身邊却不是兩朶芙蓉花(旦)休得亂道(淨)獢人你官人不在家只當在家一般(旦)怎麼說(淨)你兩箇做了一床你的脚又不冷他的脚又不冷却不是在家一般(丑)朱娘子你家官人不在家脚怎麼(淨)我家官人不在家只是晚間被又冷脚又寒一夜眼也不合近來被我乖了尋得一箇脚纔不冷(丑)休得要胡說獢人我兩箇因見你官人出外去特特整治一盃酒與二位娘子叫靜(旦)占不勞如此多謝(丑)請二位到寒家去是正理你兩箇門不出户不出不比我兩箇東也去西也去庵堂寺院也行過院子勾欄也去來[illegible]娘子難道院子勾欄你也曾嫖過來(丑)有箇緣[illegible]又有箇綿布(丑)緣故(淨)緣故緣故(丑)我家官人往[illegible]

院子裡去討些帳目被那些小娘兒把他戀住了今
日也不見回來明日也不見來我寫書去罵他一發
不來了氣得我要死要活那時節我也極了自已尋
到那箇院子裡去果然在那里那些花娘見我去把
我一把扯住就擺起酒來彈的彈舞的舞唱的唱連
我也耒渾了不思量回來了叫那些後生怎麽不要
被他迷住了（淨）那些陷人坑說他怎的（末）擔酒盒上
一肩挑食罍頃刻入朱門娘酒饌在此（淨）你來了酒
放在此你自回去看家裡（末）暫時回避去等候主人
來（下）（丑）朱娘子你斟酒我奉二位娘子一杯（淨）酒在
此
了

（羅帳裡）（丑）你夫君出路到今未還、寒隣醜婦特來陪
伴粗肴薄酒可充一饌、（合）直須飲到月團員、且謾說
三杯五盞、（旦）借過酒來回敬二位娘子一盃
（前腔）（旦）瓊漿滿甕、珍羞滿盤、魚軒兩兩來臨荒館、此
情此義其實不淺、（合）花前携手且相歡、更喜紅日未

晚(淨)蔣娘子將酒過來斟上待我敬二位孺人一盃

【前腔】(淨)郎君別去、你心放寬、終有回日休嗟休嘆、鸞

儔暫折、何憂何慮、(合前)直須飲(占)我也回一盃

【前腔】(占)蒙鄉過愛、特來慰安、今又惠我香醪佳饌、雅

情厚意、無窮無限、(合前)花前携(丑)孺人酒告止了(淨)

人你到先說告止(丑)呸我到忘了我的身子在此只

道孺人家請我故此先自告辭(淨)你敢是醉了(丑)我

那里醉你不見肉也吃盡了酒也吃空了不先告止

怎得散場(淨)二位孺人我兩箇告辭(旦)酒不飲了(丑)

請坐獻盃清茶(淨)酒也不吃了茶也不

吃了就此告辭(旦占)多謝二位娘子

薄酒不須謝　鄉家何太謙

人情若是好　吃水也爲甜

第八齣　失約

生査子（外）斗柄半傾欹、月落空山裡、煙景冷淒淒、

聽鷄聲巳、天地陰陽造化機源微幽默少人知青篇一帙藏心法蝌蚪成文字字奇老夫向日

與張良相期後五日平明之際在此相會吾恐此子心高氣傲不能養成德器以幹大事欲要磨稜折挫

使他心降氣服日後可成大事所以我先在此待他來時埋怨他幾句再期他後五日相會觀其意之誠

否別作區處道猶未了張子早到

破陣子（生）曙色漸熹微、正及平明際、欲赴老翁期、未

審翁來未、小生將爲此老未至元來巳在前面了只得上前施禮尊翁拜揖（外）孺子你曉得長

者之命少者當尊老夫期你今日相會你當先來待我不當我來待你與長者期何敢後也（生）非是小生

敢後只是尊翁來得太早了

駐雲飛（外）你言莫支離、傲氣驕容當改移、既欲爲大

事、輔國忠君須用心機、如今恁樣太無知、把咱言語

如兒戲、（生）小生焉敢只因失曬了以此來遲（外）五再日後來此相會（生）是如此（外）到那日呵

若來遲、眞如庸材、朽木難成器、

（前腔）（生）整頓威儀、拜乞尊翁勿罪愚、只爲不諳事體、

懈墮荒寧、以此來遲、來遲罪過我深知、置身無地心

惶愧、五日之後呵若不如期、眞乃庸材、朽木難成器、（外）孺子到

那日來罷（生）謹領尊命

信者五常一　　信乃不可失

嘗聞聖經云　　人無信不立

第九齣　　斬蛇

（西地錦）（小生）志氣冲周天地、胸襟氣吐虹霓、醉鄉深處

多風味、沉酣鎮日忘疲、自家姓劉名季乃沛邑人也曾爲泗上亭長秦王着我解

因徃驪山而來不想漸漸迯去止剩得幾箇被我一
發放了因此朋友請我吃幾盃酒不覺大醉如今乘
此月色回去也好醉好醉

鎖南枝（小生）吾劉季尚布衣、俠廓大度性不羈、被酒醉
如泥、獨行草澤裡、你看星光淡月色微、四顧悄無人、
沉沉夜深矣、呀你看草徑中甚麼東西待我上前去看呀原來是一條大蛇擋住路口且住
這蛇呵

前腔（小生）因何故當路岐、看他伸頭掉尾毒可知、我想蛇雖
毒常言道人無害虎心虎無傷人意我無心害他他
那有意害我況天地以生物爲主人有好生之德何
必殺他且自去罷且住蛇乃民害也我不殺他倘後
有人遭其毒口豈非吾之過轉去殺他與民除害你
看這業畜張牙吐舌就無禮起來到
激得我怒起怎麼不殺了他（殺科）拔出這干將、一
擊斷頭尾、這蛇被我殺了且喜且喜除民害得所宜、我一怒酒全

無、醒然且回去、手持一千將胸藏斗大膽毒蛇當路岐而今被吾斬（下）

前腔（末上）天昏慘地欲迷、獨行無奈進步遲、露氣冷侵衣、月光被雲翳、你看甚麼東西在此路口呀原來是條大蛇斬作兩段在此這業畜要害人反被人害了被人殺在草蹊、使我兩鼻中、只覺血腥氣、（丑內哭科）（末）呀聽得一婦人啼哭將來了待我躲在一邊聽他說些甚麼（丑扮婦人哭上）

前腔（丑）嗟白帝是我兒、化爲大蛇當路岐、誰想夜深時、遭逢着赤帝子、拔長劒斬殺之、使我老無倚、肉痛哭不止、我兒白帝子被赤帝子斬之我好苦也（末咳嗽科）（丑）呀前面有人我當回避血沾山徑草風露野塘空（下）（末）呀好怪哉好怪哉分明是一箇老嫗啼哭將來口中說道吾兒白帝子今被赤帝子斬之剛剛說罷霎時就不見了好怪哉我論將起來那白帝子是老嫗之子化作大蛇今被人斬了那赤帝子就是斬蛇之人但不知是誰雖是這般說但只鬼神之事渺渺茫茫未可深信我自去罷（小生上）[illegible]

山徑滑酒醒布袍寒適來見一大蛇當路道被我一劒分作兩段心雖不忍理則當也（末）前面有人說話待我喚他同伴而行卻不是好行路老哥待我同伴而行（小生）既要同伴而行快來快來（末）來了來了（小生）老哥何來（末）在後面來（小生）後面來可見甚麼東西（末）不要說起（小生）卻怎麼（末）只見草徑中一條大蛇被人斬作兩段我正躊躇之際只聽得一箇婦人啼哭將來我躲在一邊聽他說道

【前腔】（末）嗟白帝是我兒、化為大蛇當路岐、誰想夜深時、遭逢着赤帝子、拔長劒斬殺之、使我老無倚、肉痛哭不止、剛剛說罷霎時不見了（小生）果有此事（末）卻不怎麼（小生背云）這等說來這蛇就是白帝子這赤帝子非我而何可喜可喜（末）老哥你怎麼說（小生）我說這蛇就是白帝子這赤帝子不知是誰（末）想必斬蛇之人就是赤帝了但不知是誰斬的（小生）或者就是眼前人也未可知（末）你說眼前人不是你就是我我不曾斬蛇除非是你（小生）怎麼說我我又不曾斬蛇（末）既不是你你怎麼說是眼前人

【前腔】（小生）聽伊說使我疑、茫茫天意未可知、（末）怎麼天意未可知

我想那斬蛇的、卽是赤帝子、老哥休饒舌洩此機、今後遇了人呵這因由不須再題起、（末）老哥你說得是我再不對人說（小生）正是

只宜吾汝兩人知　莫向人前講是非

鬼神之事未可信　老嫗之言不足疑

第十齣　傳法

（破陣子）（生）夜半披衣起、滿身風露凄凄、行行欲赴圯橋約、鷄犬無聲月影低、前村路欲迷、我張良向日出遊下邳遇一老人期五日後平明之際到此圯橋相會小生如期而往老人已先在怒曰與長者期何敢後也復約五日及往老人又在先怒曰復約五日今又如期而往此際纔是半夜不免趲行前去

（下山虎）（生）煙光黯黯、樹影微微、月落遥天、暝夜迢迢、人影稀、戴星辰渡山村、跋踄崎嶇境、踏得青鞋爾■

泥、忽覺微寒透、清露瀼瀼濕體衣、心事冲冲也、恐失所期、不覺已到圯橋了、所喜水上人家尚掩扉、我恐又失所約急急行來幸得此老未至且在此伺候他來

破陣子〔外上〕星斗隨更轉、樵樓鐘鼓遲遲、雲霞護我無人見、一束青編手自携、惟應孺子知、〔生〕呀那老人來了不免上前施禮尊翁拜揖〔外〕孺子你屢屢失約今日已先在此可喜可喜

好姐姐〔外〕與伊屢屢訂期、亦屢屢皆吾先至、〔生〕兩次果是尊翁先至〔外〕你今日來早、意誠已可知、吾深喜、與汝一編非無意、〔授書科〕讀者當爲帝者師、〔生〕多謝多謝

前腔〔生〕只愁又失所期、夜未央奔馳來此、〔拜科〕謝尊翁所賜、愚生安敢辭、〔又拜〕重施禮、還期日後酧尊意、

（外）此編必宜熟讀（生）生也雖愚當勉爲、請問尊翁家住那方

（前腔）（外）笑伊孺子好痴、問我家住那方（生）是尊翁住何方（外）我家住在碧雲天際、（生）尊翁上姓（外）問吾姓名世人皆罕知、我老夫說與你知異日見濟北穀城下黃石此郎老夫也（生）原來姓黃名石我曉得了（外）須牢記、那時相見休驚懼、凡此事情必須隱匿莫與人言泄此機、

（前腔）（生）尊翁命敢有違、但刻骨銘心而已、不知穀城山下、相逢在幾時、還請尊翁說詳細、使有定期來相伺、（外）這是邂逅相逢不須伺候（生）既是邂逅相逢難定期、（外）不須多話老夫去也此編不可輕傳與人（生）謹領尊命

讀者當爲帝者師　書生不可泄天機

穀城山下見黃石　即是吾翁不用疑

（外下科）（生吊場科）這老人不知從何而去我想此人亦非凡人天光尚黑覷不見何書少待天明看箇分曉

〔下山虎〕（生）鍾鳴野寺、雞唱茅茨催起東方白、更殘漏盡時、天色漸明我且覷他是何書呀你看都是蝌蚪篆文標題上有四字太公兵法呀原來是姜太公兵書當時太公有六韜吾聞其語矣未見其書也今日小生何幸得此想都是豹略龍韜、料得時人罕知、科蚪縱橫字跡奇、此實天神所授不可不知所感頓首瞻天拜、韓氏重興或有機、未暇勤披讀姑且袖歸、莫使傍人有所知、小生聚得百餘人詳觀熟察無可與期事者只今沛人劉季諸父老立他為沛公此人雖不修文字其實豁達大度可成大業我當熟讀此書輔佐他誅殺強秦次報韓氏亦未晚矣

兵法感天授　一編袖裡藏

來時披夜月　歸路曝朝陽

第十一齣　演武

【步蟾宮】（淨）霸圖功業由人造、事干戈豈憚勞、先賢豹略與龍韜、帳下不時論討、壯圖未遂意冲冲、威赫雷霆氣吐虹、霸業有時成帝業也、知不負舜重瞳、自家姓項名籍字羽、楚淮王立我為諸侯上將軍、雖得其名、未遂所志、今與季父項伯姪兒項莊同領軍務、必須謀成大事、方遂吾願、今日閑暇、且喚軍士出來操練一番、軍士每何在

【前腔】（衆）（上）事功成敗人難料、立功勳須在吾曹、吾曹氣岸太山高、試把狼烟一掃、（見科）（衆）上將軍有何分付（淨）軍士每、當今之世川武之日、若是弓馬不熟、怎能成其大事、各把武藝演習一番、聽取調用

【刬鍬兒】（淨）八千子弟俱年少、三軍護衛盡英豪、敵人心休傲、難當我曹、霸業可造、皇圖可到、不日功成了

發大寶、

〔前腔〕（衆）胸藏韜略功成討、身侵鞍馬習弓刀、英才蓋空老、氣冲九霄、〔合前〕

〔前腔〕（衆）勢如狼虎張牙爪、威如霹靂震雲霄、功成智尤巧、敵國怎逃、〔合前〕

須把陰符諳練久　這回一戰遂成功
此去土宇都收拾　管取狼烟一掃空

第十二齣　投漢

〔憶秦娥〕（小生）鋼百鍊、鋼百鍊、鑄成寶劍、光輝爛、光輝爛安邦定國、誅秦戡亂、堂堂豐沛吾家世姓劉名邦字曰季不事生產與詩書幼爲亭長非吾志常隱芒碭山澤間欲晦東方天子氣一從拔劍斬蛇後私喜他年爲赤帝自家劉季是也素有

大志只因强秦勢盛未可有爲目今諸父老立我爲沛公稍有權力又得蕭何樊噲爲之羽翼大事可圖矣正是謀事在人成事在天天下大事夫豈偶然

【前腔】(生上)遭國難、遭國難、無家賤子、心懷怨、心懷怨、欲誅秦氏、方遂吾願、我張良國亡家廢欲托身於沛公資其力勢以滅强秦欲以兵法説之未審何如此間就是轅門首無人在此待我咳嗽一聲(丑)忽聞聲咳嗽未審是何人呀先生何來(生)煩你通報説有箇張良要見(丑)少待稟爺外面有箇張良要見(小生)張良乃子房也俺慕名久矣快請來相見(丑)先生請(生)沛公拜揖(小生)子房先生少禮先生此來必有教吾也(生)張良才踈德薄安敢言教偶得太公兵法一帙三卷奉上沛公電覽(小生)太公兵法世所罕有不易得者待我看來

【賞宮花】(生)陰符一編、一編中載萬言、與人傳授者、韜略在其間、公若潛心勤講讀、誅秦興沛信非難、你看這書都是龍韜豹略之文

〔前腔〕〔小生〕開函細觀、細觀來皆玅言、縱横科蚪字、光燄燭天寒、一覽之間知大義、用之盡可破秦關、尊師再傳天地之大經下上禮賢古今之通義自今以後凡事軍情武備皆望指引倘得寸進不忘大恩〔生〕小生一介寒微何敢當此〔小生〕多感先生不棄劉季乃以兵法惠我我當拜先生爲軍師受教於帳下〔生〕張良草茅賤士山澤鄙生但恐不付所托有辜盛德〔小生〕門下雖有蕭何樊噲等數輩亦望先生爲之領袖〔生〕惶恐惶恐〔小生〕軍士好生收拾書房伏侍先生

今蒙天授我軍師　他日成功預可知

若得尊翁興漢日　果然見我運通時

〔小生下〕〔生吊場〕這一帙太公兵法我與別人視之皆不省悟今與沛公看他就知大義以此觀之沛公殆天授也可喜可喜我一身無君又無家欲使豪傑之力誅秦報韓看來當今之世舍沛公再無其人矣只得盡心事之以誅強秦也

家貲萬金產　飄然不纜舟
托身今有地　報主已無憂

第十三齣　翫月

【玩仙燈】（旦扮虞姬）碧天明月圓如鏡、最愛清宵永、忽驚羅袖冷風飄、金帳城頭鼓角太分明、奴家虞姬是也身侍楚王最得寵幸日操兵籌夜則專房今晚楚王與諸將議事奴家暫得片時閒暇且喚紫雲碧月出來對月消遣一番豈不是好紫雲碧月何在（占小旦上）

【菊花新】（占）（小）寄跡在深宮、見明月忽思鄉井、（娘娘叩頭）（旦）紫雲碧月免禮（占）帳下人初靜（旦）宮中月正圓（占）良宵多麗景（旦）相對未應眠紫雲碧月你看明月在天夜景甚佳我與你等閑玩一番（占小旦）娘娘如此良夜果然不可虛度

【念奴嬌】（旦）綠煙散盡、見銀蟾燦爛、一時喚起閨情淸

侶音 呂

夜沉沉傾耳處、風傳何處砧聲、（占）忻幸帷幄高張、貔貅環擁、玉人相對此清影、（合）還可愛、銀河夜渡、牛女雙星、

【前腔】（旦）（占小）宵驚城頭角奏、想營中虎侶、伊誰不動鄉情、風露交加、當此際誰念鐵衣濕冷、（占）堪逞天上嫦娥、人間佳眷、中宵上下鬬雙清、（合前）

【古輪臺】（旦）步閑庭花陰冉冉、上踈欞桂飄金粟、瑤堦淨、露華團瑩、最可愛廣寒清府、光搖銀鏡、天上人間嬋娟相映、趁良宵、攜女伴瀉幽情、多因軍政、向營中定議還程、把氷蟾莫戀、能涎休爇、金蓮罷秉、啓鑰候君迎、堪憐美景、追隨皓魄樂何竟、

前腔〔占〕閑評、氣有消息虛盈、達人貴及時行樂、偷閑起興、況有香霧空濛、碧落燦珠璣明並、也有太液池、遊承君優寵、也有舞獻霓裳、聚仙勝芳名不病、有金蟆玉兎、白鸞青鳥、于今焉得仙踪馳騁、此事足堪稱、且喜更方靜、徘徊、人月羡雙清、

尾聲〔衆〕歡娛處心驀驚、恐紅顏勝人薄命、情願我君王、遣啚霸業成、〔丑上〕有事不敢不報無事不敢亂傳報娘娘知道大王議事回來請娘娘〔丑下〕〔旦〕你去我知道了既如此紫雲碧月我與你去接聖駕去罷

月在碧天心　照見人如玉
留戀片時間　渾如離塵俗

第十四齣　問計

卜筭子（外扮蕭何）秦氏肆兇殘、四海遭荼毒、（丑扮樊噲接上）拔劍
斬蛇、人民必蒙其福、（外）樊將軍我你委身以事沛公未見成功今沛公又得子房為
軍師吾輩之幸也（丑）子房千人之俊萬人之傑沛公得之乃天授也可賀可賀（生上）
夜行船（生）雙幸吴權秦失鹿、使天下豪傑爭逐、竹帛
煙消土坑冷骨、秦祚已知衰促、相國將軍拜揖（外）子房先生沛公以手足
待先生先生當以心腹報沛公（生）張良固駑駘下乘今有贔屓在前敢不勉追步驟（丑）只因强秦無道先
生必須籌畫上策以誅戮之樊噲雖不才亦當為之羽翼也
玉芙蓉（生）嬴秦已失鹿、使天下相爭逐、（外）逐鹿者多不知誰當先
得（生）問誰當先得、輸與高才捷足、（外）如今高才捷足者是誰（生）我沛公可
豁達大度宜高位、（外）那殘忍的如何（生）殘忍之徒當滅族、相國將軍
休碌碌、運胸中萬斛、使蒼生無得受荼毒、

（前腔）（外）儒生陷土坑，經典遭焚沒，那秦王無道，我等早宜誅戮。（丑）秦人無道，却怎麽大蛇當道今宜斬，劉氏興隆吾可卜。（合前）

（前腔）（丑）長城萬里途，想空與他人築，況求藥入海，荒淫多慾，他痴心妄想期不死，却不道貪暴從來命必促。（合前）

雜扮軍衆上）莫怪今朝騎鐵馬佇看他日佩金魚稟三位爺知道（衆）怎麽說（軍）楚懷王遣沛公爺入關破秦攻城略地請問軍師爺有何計策（外）原來如此軍師計將安出（生）昔日㩁王與諸將約曰先入關者封之爲王諸將畏秦之强莫敢先入今沛公乃寬大長者遣去入關唾手可破只宜急去不可遲緩（外）正是樊將軍就此領兵前去（丑）小將就此起兵（外）運籌帷幄皆在軍師（生）供給餉饋還在相國

不事詩書事六韜　吏家刀筆我曾操

槊橫馬上威儀壯　劒舞軍中義氣豪

第十五齣　秦降

【水底魚兒】（秦將）（起兵）瑣瑣劉郎，如何不忖量，堂堂猛將，誰敢犯鋒芒。（重）自家乃是秦朝中都元帥章邯是也，聞知楚懷王遣沛公入關來，俺這裡須兵守備，待他來時，殺交他片甲不存便了。衆將上與我把關門緊守着，若有消息，急便傳報。（軍應科）（報科）報元帥，沛公領兵前來甚急，特來報知。（帥）既如此，點起精兵迎敵。

【清江引】（帥）將軍號令嚴而肅，兵百萬皆吾屬，金鼓震天鳴，熊虎相馳逐，那沛公小孺子須降伏。（下）

【水底魚兒】（小生）（衆上）鐵馬金鎗，兵威凜雪霜，望風前向，壁手定封疆。（重）自家沛公是也，奉楚懷王之命，着俺西入秦關，攻城略地，衆將士好生用心攻戰，毋得視爲泛常。（末）小將樊噲無不盡心。（丑）小將曹無傷敢不効力。（小生）就此起兵前去。

清江引(小生)陰符不敢高聲讀、神和鬼聞知哭、繞帳擁
貔貅、拂壘排旗纛、那無道秦、不日裡遭誅戮、(下)
前腔(秦將又上)百般武藝皆精熟、出人頭非碌碌、渴飲虜
夫血饑嚼生人肉、那沛公小豎子須降伏、(下)
前腔(沛公又上)軍中車馬多如簇、干城將真不辱、姓氏立
功勳擬看旂常錄、那無道秦、不日裡遭誅戮、(小生)前面就是
秦兵殺上去(淨)來者何將(丑)俺這裡沛公親自領兵
快快投降你那裡是誰領兵(淨)俺是秦朝中章元帥
叫軍士操起鼓來戰科(秦兵敗下)(小生)你看秦
兵大敗逃奔去了衆軍士乘此良夜打進關去
水底魚(小生衆)望風前向、唾手定封疆、唾手定封疆、(下)
清江引(丑扮子嬰上)素車白馬行局促、組繫頸含羞辱、玉
璽與符節、奉獻皆降伏、但得他免傷殘、心意足(丹家秦)

嬰是也今被沛公打入關來勢不可敵爲今之計只得素車白馬以組繫頸奉上玉璽符節投降沛公以免斧鉞之誅軍馬在前不免跪在路傍見他

水底魚兒（小生衆上）望風前向、唾手定封疆、唾手定封疆、（小生）你是何人來此何幹（外）是秦王子嬰奉上玉璽符節投降萬乞沛公麾頓得免斧鉞幸甚（小生）你是眞心來降麽（外）怎敢虛僞（小生）既如此收下玉璽符節你去罷（丑）主公還須殺了庶免後患（小生）説那里話始初懷王遣我入秦以能寬容故也且人已伏降殺之不祥你且去罷我自有處（外）自能含恥辱已得免殘生（下）（小生）你看咸陽城中好箇花錦世界那子嬰唾手就棄了可笑可笑

清江引（小生）秦人一旦皆降伏、宗和社俱傾覆、二世始登基、祿命何其促、笑他每築長城、造阿房空碌碌、且喜大事已成將士每把[illegible]府庫倉廪俱封記了俺這里方可回軍（末）這里是金銀庫封上了（丑）這是珠庫封上了（末）這是財帛庫封上了（丑）這是米穀倉封上了（小生）府庫倉廪俱已封記了恐有盜賊侵擾可

碌音祿

着一將在此防守關門不知何人可托〔丑〕小將曹無傷情愿在此防守〔小生〕你不可托俺自着陳平在此防守〔雜〕〔外〕是得令〔小生〕咸陽已定俺這里還軍覇上回覆懷王去罷〔行科〕

〔攉拍〕〔衆〕秦王險忽臨大兵。兵一舉關中已平。咼王計可成。計可成。戰陣堂堂殺氣騰騰。旌旆風番。鼓角雷轟。從此後誰敢橫行。歌凱奏動歡聲。

三軍多武略　一戰定秦關
物物無侵擾　人人動笑顏

〔小生衆下〕〔丑吊場科〕番雲覆雨尋常事露膽披肝有幾人自家沛公帳下左司馬曹無傷是也適來沛公要遣將守關我不合叨攬他不合說我不可託我不可托誰人可托可惱可惱我明日就到項王處降他一場是非教他風波從地起霹靂自天來〔下〕

第十六齣　夜宴

霜天曉角（淨扮霸王夜宴）身親甲胄、暫爾停征鬭、秉燭且觀趙舞、開樽還聽齊謳、（雜扮內官上叩頭）（淨）俺與衆將東升良景雖佳奈心情煩悶且喚虞姬出來消遣一回叫內使請虞夫人出來（末）虞夫人有請

前腔（旦上）纖纖玉手、笑把花枝嗅、整頓翩翩舞袖、安排宛轉歌喉、大王叩頭（淨）虞夫人免禮虞夫人我今晚心下不樂可整置酒餚乘此良夜與我歌唱一曲消遣悶懷（旦）既如此待奴家喚紫雲碧月出來分付紫雲碧月何在（占小上）

玉井蓮（小占）偏是良宵、有月有花有酒、娘娘叩頭（旦）大王要飲宴你可分付內使快快整置（占小應科）娘娘酒餚完備了（淨）分付樂器承應

香柳娘（旦）捧金杯在手、（重）向前爲壽、一傾須進三巵斗、要追歡遣愁、（重）取次奏箜篌、慇勤捲紅袖、（合）暫卸甲解胄、（重）秉燭夜遊、絕勝清晝、

前腔（淨）正交懽未休、（重）紅裙進酒、虞美人你唱一曲鷓鴣纔
唱眉先皺、豈區區作楚囚、（重）偷眼覷吳鉤、料他人死
吾手、（合前）（淨）着內使取花過來催花擊鼓
前腔（淨）把花枝作酒籌、（重）香沾羅袖、叫紫雲舞一回舞腰柔
似風前柳。且及時獻酧、（重）歲月疾如流、百年一回首
（合前）虞美人俺醉矣、叫內使
前腔（淨）把夜宴且收、（重）直待來朝進酒、呀轅門幾度
傳更漏、我待罷宴如此良夜不可虛度再看酒來愛清宵景幽、愛清宵景
幽、（旦）大王請上酒（淨）呀碧月照金甌、銀河燦珠斗、（合前）（淨）子弟兵明日領賞
去罷

桃花映歌扇　燕子棲畫樓

筵前纔舞罷　又見結纏頭

第十七齣　獻讒

（丑）恨小非君子，無毒不丈夫。自家左司馬曹無傷是也。前者沛公不托我守關，其實可惱可惱。如今到覇王處背他一場是非，只說沛公已定關中，將金銀珠寶皆其所得，欲往楚懷王處請功封王。那箇項王是箇性躁的人，聞得此言，必與沛公[illegible]究，其禍不小。好計好計，看他兩虎相爭鬬，其勢安能得共生。（下）（淨上）

【下笑子】（淨）銳氣逐雲龍、文彩跨星斗、八千子弟起江東、天下聲名重、

吾生無忝聖和賢，舜目重瞳我亦然。想起沛公眞可惱，不知分量欲陵灌。向日與諸將約曰：先入關者封之爲王。不遣我入關，到遣沛公去了，倘他先定了關中，則我不如他矣。可惱可惱。（丑上科）殺人可恕，情理難容。此閒已是項王營門首，把門軍士，煩你通報一聲，你說沛公手下左司馬曹無傷要見大王。（雜）啓大王，沛公手下左司馬曹無傷要見大王。（淨）着他入來。（丑見科）大王叩頭，小將曹無傷有事稟上大王。（淨）曹無傷少禮，有甚麼話說。（丑）俺沛公已定關中，把府庫金珠皆已封記，欲往

楚懷王處請功封王小將特來報知（淨）他元來要封王這也是他分所當也我曉得了生受你回去罷（丑）小將告辭（淨）你去罷（丑）腹中暗機無人見笑裡藏刀那箇知（下）（淨）我正在此惱他如今又有此消息越加我惱叫軍士請老亞父出來（衆）軍師爺有請

【前腔】（外上）赫赫氣如虹、不忝為梁棟、沛公氣象欲成龍、使我朝夕憂恐、大王拜揖（淨）亞父少禮你知道麼（外）知道甚麼（淨）那沛公已定關中欲往懷王處請功封王我一聞此言不覺怒從心起（外）大王這話是何人來說的（淨）方纔曹無傷來報與我知道這廝無禮我明日就舉兵擊他（外）大王曹無傷之言的矣這沛公其實無禮

【泣顏回】（淨）他纔得定關中、便輕狂有意求封、這無知豎子、激得我怒氣填胸、他縱然有功、也不合把俺來愚弄、亞父待咱每略使機關、管教他空使英雄、

【前腔】（外）他昔日在山東、但貪財好色無寵、他自入大關阿

毫無犯、把故態一掃而空、我看他自入關中財物無所取婦女無所幸其志不小

將言告公、你休得將他做蛇兒看、他只待雲雨風雷、一朝裡變化成龍、大王那沛公所志不小我前月觀他氣象好似龍成五彩此天子氣也只宜乘早擊之不然則養虎傷身也

淨我決在明日舉兵前去殺他便了

水平不流　人平不語

孺子無知　大兵當舉

第十八齣　爲友

末扮項伯上惟有忠臣烈士常懷義膽仁心人若不仁不義豈非乃獸乃禽自家項伯是也乃楚王之季父那張子房素與我交厚爲人可愛我姪兒期在明日起兵去擊殺沛公吾恐子房身遭其禍如今連夜報他知道使他回避乃見我一點交情事已急矣不免星夜前去

縷縷金末持寶劍出轅門、山城悲鼓角、月黃昏、奔走

風塵裏、不辭勞頓、欲將消息報張君、潛身避鋒刃、星月交輝夜山溪獨自行潛觀沛公帳悄悄見張君［下］［生上］

菊花新［生］紙屏銀燭夜將分、刁斗聲中獨掩門、情思尚昏昏、且把陰符消悶、我張良夜無寐就此燈前且把兵書展玩一番

一江風［生］思昏昏坐把陰符展、消我胸中悶、聽窓前颯颯蕭蕭落葉隨風韻、此際夜將分、［重］寒衾尚未溫、想人家無事眠來穩、

菊花新［末上］披星戴月走頻頻、跋險經危不憚辛、露氣濕衣襟、一任風吹蓬鬢、迤邐行來此間是子房行寓不免扣門開門開門［生］是誰扣門［末］是小將［生］呀元來是賢友黑夜到此有甚見教［末］小將非為別事而來我侄兒楚王聞知你沛公已定關中欲往懷王處請功封王甚是嗔怪［生］如此怎麼

【駐雲飛】（末）他發怒含嗔，斯在明朝起大兵，他要擊殺你沛公。吾恐你遭鋒刃，特地傳音信。君與我最相親，我喜為君謀，你連夜須逃遁，庶免一朝禍及身。（重）

【前腔】（生）多謝吾君，何廼拳拳念故人。但沛公待我甚厚，今有急難，我若避去，是不義也。我寧死為虀粉，避去心何忍。君為我特施恩，感之不盡，刻骨銘心，久久終不泯。但沛公得罪於令姪大王呵，萬乞尊君一解分，願得吾君一解分。（末）小將當得盡心，不勞多囑。（生）多感多感。（末）我此來乃朋友之私情，你不去乃賓師之公義，各欲自盡，不可勉强。小將就此告辭。（生）賢友既到此，還見沛公一見。（末）不見了，放手待我去罷。（生）賢友見沛公還有別話。（末）也罷，我在此等候，你請他出來。（生扣門科）開門開門。（小生上科）

【菊花新】（小生）高枕夜悠悠，是何人把門來叩。是誰？（生）是張良。（小生）

子房先生有何說話（生）吾友項伯在此可與相見（小生）他這早晚來此何幹（生）項王聞知主公已定關中欲往懷王處請功封王不勝大怒期在明日舉兵來擊主公他特來報張良（小生）既如此何以處之（生）請去見他當溫言卑禮央他到項王處剖說則箇（小生）我曉得了就去見他呀項將軍請（末）沛公請（生）叫軍士快整治酒餚過來（末上）不勞如此（小生）項將軍我劉季白入關中秋毫不敢有所近籍吏民封府庫以待令姪上將軍到來所以遣將守關者備他盜耳劉季豈敢反乎願將軍與令姪明言一番劉季斷不敢背德（末）是小將領命（雜扮軍士上）聊將一尊酒可盡兩家歡酒肴已完備了（生）吾友有一子主公有一女令晚張良與二公就此割衫襟（小生）項將軍劉季聊奉巵酒就此結爲婚姻（末）多承厚意小將不敢當此

（皂羅袍）（小生）聊進一巵春酒、愧肴無兼味、款屈相留、人生在世有恩讎、讎須分解恩當厚、（合）論交握手無非舊遊、且須留戀難得聚首、尊前燭下頻爲壽、

（前腔）（末回酒）四海誰非朋友、有幾人相似魚水相投、人

髯音冉

生天地一浮漚，笑他蠻觸空爭鬥。〔合前〕

〔前腔〕〔生〕多感君不忘舊，肯輕身枉顧爲我相投。慙無白璧可爲酬，恩如天地高而厚。〔合前〕〔末〕夜已深已小
將告辭〔小生〕望將軍
代言劉季明日早到令姪處謝罪〔末〕既如此明日不
迓來〔小生〕明日黎明時分就到望將軍留意〔末〕謹須
謹領

匆匆巵酒慰君勞　願結百年刎頸交

半醉半酣分手去　碧天猶喜月輪高

第十九齣　　會宴

〔採春令〕〔淨〕掀髯一哨陣雲高，氣昂昂欲行征討。設牛酒且把三軍犒，將逆虜都祛掃。佩仁服義立乾坤，覇
業封侯未足論畫虎
未成君莫笑安排牙爪始驚人俺今日欲去擊殺沛
公曾分付庖人殺牛置酒犒賞三軍然後舉兵叫軍

士匆牛酒可曾完備〔雜〕將已完備〔淨〕快快遍羅我郎日要起兵去也〔末上〕禮宜誅有罪義不斬無辜大王項伯見〔淨〕叔父少禮叔父何出此言〔末〕日昨沛公對我說道自入關來秋毫不敢有所近籍吏民封府庫以待令姪上將軍到來遣將守關者防他盜也愿為明言斷不倍德〔淨〕我即日要起兵去他果有此言〔末〕果有此言〔淨〕他元來如此立心初無反意〔末〕他那有反意爾欲殺之乃不義也不如善遇之〔淨〕如何善遇之〔末〕他即日就來謝罪汝可好好看待他乃見汝之盛德也〔淨〕叔父言之有理〔末〕呀亞父來了我且告退

〔外上〕莫信直中直須防人不仁大王范增見禮〔淨〕亞父少禮亞父你爲何說此言語〔外〕聞知沛公今日來見大王大王當乘便下手庶免後患〔淨〕待幾時下手〔外〕大王與他講話之間我把腰間所珮玉玦與大王看時就可下手〔淨〕我曉得了〔外〕暫辭恩主去等待沛公來〔下〕〔生小生丑同上〕

〔前腔〕〔小生〕雲車軋軋旆搖搖、路崎嶇鴻門纔到、〔生〕把平生銳氣都祛掃、〔丑〕加謙謹無驕傲、〔生〕已到鴻門少間見項王時必加謙謹一則驕彼之志二則免已之禍〔小生〕我曉得了[illegible]樊將軍你可在鴻門外聽取不時之變〔丑〕末將如[illegible]

了〔末上〕呀沛公到了日昨多擾〔小生〕夜來多慢將軍〔末〕舍姪處已達知了請進〔小生〕多謝多謝〔末〕沛公已來在門外了〔淨〕看他怎生待我再作區處〔小生〕見科大王劉邦叩頭〔淨〕沛公少禮〔生〕大王臣張良叩頭〔淨〕張良起去沛公今日來此何幹〔小生〕臣與大王勠力攻秦大王戰河南臣戰河北不意臣先人關破秦今被小人之言使大王與臣有隙請大王勿聽〔淨〕此言就是你那曹無傷來說的不然我何以知之〔生〕啓大王那曹無傷因怪沛公不托他守關以此誹謗大王不可深信〔淨〕我曉得了起去沛公你此一來足見曹無傷之言謬矣叫軍士安排筵席款待沛公〔小生〕不勞大王盛意〔淨〕請亞父出來相見〔軍〕請科〔外上〕沛公范增見禮〔小生〕亞父少禮〔淨〕沛公只今强秦無道天下誰可定矣〔小生〕大王龍姿鳳臆人欽仰天下非君誰可掌〔淨〕沛公看你廣額稱長髯足爲民具贍〔小生〕朽材無可取終作漁樵侶〔淨〕盛德自多謙使吾有所慙看酒來

〔錦堂月〕〔淨〕壺注香醪、盤堆美饌、鴻門宴集時髦、樂奏鈞天爐爇麝檀香繞、人交口稱此相歡、我留意誅秦

猋音參

無道、〔合〕情傾倒、把胸次閑愁蕩然一掃、〔小生回酒科〕〔前腔〕〔小生〕今朝暫釋弓刀、森陳俎豆、轅門深擁旌旄、握手相懽、期飲到月臨丹嶠、願追隨騏驥驅馳、當剪削豺狼牙爪、〔合前〕〔外舉玉玦淨不聽科〕

〔醉翁子〕〔淨〕酒到須痛飲、待玉山自倒、念浮世人生別多會少、草草薄酒粗餚、縱屈過魚軒、愧我曹、〔合〕相和好、共鎮定山河、立身行道、〔外又舉玦淨不聽科〕

〔前腔〕〔小生〕難報享盛筵、人酬德飽、當効犬馬微勞、保全臣道、堪笑那貪暴嬴秦、焚帛坑儒空自勞、〔合前〕

〔外又舉玦〕〔淨不聽科〕〔外〕我三舉玉玦皆不聽且喚項莊舞劒擊殺沛公項莊何在〔小外上〕軍師有何使令〔外〕君王爲人不忍我示玉玦皆已不聽若入前爲壽畢請以舞劒爲因擊殺沛公於坐不然日後汝等皆

死於他手(下)(小外)得令大王項莊叩頭(淨)項莊你來怎麽(小外)臣特來奉大王與沛公一盃酒(淨)好好你就奉酒(小外)沛公請酒(小生)多謝將軍(小外)大王軍中無以爲樂請舞劒一番如何(淨)也罷你就舞劒

(侊侊令)(小外)紅塵飛擾擾、綠酒飲滔滔、猛撡三尺龍泉堂下舞、只見黑雲飛紫電飄、(小外下)(生出鴻門科)(樊)將軍那里項莊舞劒其意常在沛公怎麽了(丑)軍師先請末將就到事已迫矣待我發一怒進去見他(淨)這壯士姓甚名誰(丑)臣樊噲(淨)你看他一雙眼睜着我頭髮上冲目眦盡裂好壯士好壯士左右賜他一巵酒(丑)大王賜不敢辭則當飲之乾(淨)好好再賜他一肩彘(丑)這彘肩是生的待我拔劒切而吞之(淨)汝復能飲乎(丑)臣死且不避巵酒安足辭(淨)却怎麽説(丑)大秦有虎狼之心殺人如不能舉刑人如恐不勝天下皆叛之懷王與諸將約曰先破秦入咸陽者王之今沛公先破秦入咸陽秋毫不敢有所近還軍霸上以待將軍勞苦而功高如此未有封爵之賞而聽細人之言欲誅有功之人此亡秦之續耳竊爲將軍不取焉(淨)我已知矣不待你言吾已醉矣壯士且退去

〔尾聲〕〔衆〕天將晚酒漸消、情倦興闌欲睡倒、已覺陽烏掛柳稍、〔小生〕子房項王醉了我出恭去你留下白璧一雙奉與項王麾下玉斗一隻奉與亞父足下代謝一聲〔生〕知道了主公快行〔小生丑〕日暮風威作天寒酒力醒〔下〕〔淨醒科〕沛公那里去了〔生〕告大王沛公不勝杯酌又不能辭因出恭乘便往霸上去了令張良將白璧一雙奉大王麾下玉斗一隻奉與亞父聊表謝忱〔淨〕何足為謝但此物不好受得〔生〕雖不成禮請大王麾頓是幸〔淨〕既如此吽將上收下白璧留玉斗與亞父〔生〕張良就此告辭〔淨〕生受你〔生〕不敢不敢〔淨〕交豈黃金結〔生〕恩將白璧酬〔淨〕兩家歡未足〔生〕萬事盡皆休〔下〕

〔西地錦〕〔外上〕玉玦當筵三舉、吾王何不知機、看他貪虎傷身也、那時懊悔尤遲、適來我着項莊舞劍未審何如不免進去〔見科〕大王索上甚麼東西〔淨〕這是一隻玉斗〔外〕從何而來〔淨〕沛公着張良奉白璧一雙我已受了這玉斗送你的收了罷〔外〕如今沛公往那里去了〔淨〕沛公已往霸上去了〔外〕沛公往霸上去了既去了這東西要他何用不如打碎為強（外以劍擊科）（淨怒科）亞父怎麼把這玉斗打碎了可惜可惜（外怒科）豎子你不足謀這區區玉斗到可惜堂堂天下到不可惜把這玉斗比天下孰輕而孰重孰大而孰小奪汝天下者必沛公也（淨）亞父何出此言那見他就奪了我的天下咦

【八聲甘州】（外）玉斗小器比邦家、天下不抵毫厘、不思不忖、他已得脫逃身矣、人生若無深遠慮、禍起目前未可知、（淨）多疑論事功、成敗黜定難移、（外）大王你欲圖大事怎貪圖小利

【前腔】（淨）咱非貪圖小利、（外）既不貪圖小利怎受他白璧（淨）亞父豈不聞其交也以道其接也以禮斯孔子受之矣聖人尚且如此況區區豈可固却堅辭、（外）可惜可惜（淨）可惜甚麼來（外）可惜堂堂天下、却被沛公奪矣、（淨）也未為見得（外）些須小物失大器、縱不是貪饕也是痴、（淨）須知、（外）須知甚

麼來（淨）須知當今天下呵興王定霸非我而誰、

（解三醒）（外）論大事須知大體、汝何乃不達時宜、譬如大厦將欲顛仆矣、豈一木所能支、為今之計呵我欲乞賜骸骨歸去也、莫待禍到頭來懊悔遲、（淨）從伊去、從伊去、把前程事業我自為之、（外）正是正是俺自去也你自為之鰲魚脫却金鈎去擺尾搖頭再不來（下）（淨）你看這老賊不勝忿怒公然不辭而去了罷罷

（尾聲）（淨）他飄然去也真不義、把數年功績一旦都拋棄、你道俺成不得人事呵你看我收拾山河、那時冷笑你、

可怪范老賊　視我如切齒

不必忿怒去　必在中途死

新刻全像點板張子房赤松記卷下

第二十齣　整衣

一剪梅〔旦〕碧梧霜葉趁風飛。人整寒衣。夜掩柴扉。〔占〕剗藤窓外月輝輝。人在空閨。夜守空閨。見科〔嗄〕宮春〔旦〕月夜啼蛩霜朝敗葉正是暮秋時節〔占〕朱戶蕭條綠窓清絕謾把銀針綫貼〔旦〕我丈夫只為韓氏之仇廢盡萬金之產今已得事沛公不知成何功業又不見回如何是好〔占〕因未成功所以不回如今天道催寒可把衣衫整治完成寄去與他〔旦〕取衣服針線過來

黃鶯兒〔旦〕秋夜冷凄凄。剔銀缸整舊衣。舊衣綻裂身葺理。你看針跡線稀。心忙手遲。倦來暫把胡床倚。〔合〕思依依停針。愁聽窓下暮蛩啼。

前腔〔占〕霜葉隔窓飛。乍西風冷透衣。手持金剪思量

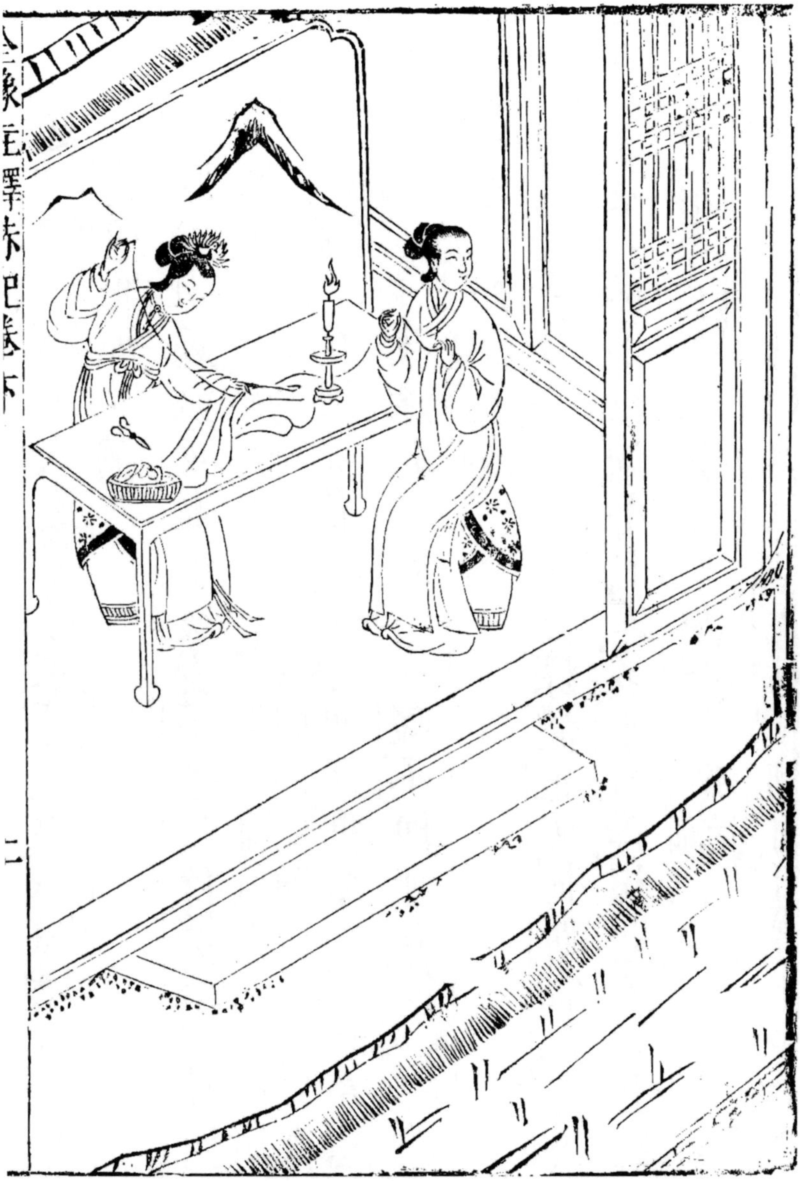

起、(旦)你思量什麼來(占)玉人遠離身寒可知、這衣縱然補綴完成呵關山迢遞憑誰寄、(合前)

〔前腔〕(丑上)鐘鼓夜遲遲、煑香茶手自持、携來宅院門關閉、閉門在此待我叫一聲開門開門(占)這是西隣蔣娘子的聲音待我去開門則箇(丑見科)二娘子大孺人萬福(丑)在燈前整衣辛勞可知、携來粗茗將芹意、(旦占)多謝(丑)多謝 夜深時請娘行一啜、不憚睡魔催、(旦)多謝奴子好美茶(丑)一杯淡茶何足為謝請乘熱

〔前腔〕(旦占)清夜整寒衣、坐更深體正疲何期甞此香茶味、看月輪漸低、漏聲已稀、多承隣母相週庇、(合)坐來時清茶白話、果遣去睡魔兒、(丑)請問孺人這衣服[illegible]是張官人的麼(旦)正[illegible]正是(丑)整治完也不曾(旦)已完了(丑)既完了着誰人寄去(旦)還未有使人(丑)我丈夫明日往京朝上去[illegible]

便路就與你帶去罷（旦）若得如此甚好快收拾付與
蔣娘子上覆蔣官人回來自當重謝（丑）你收拾我拿
去（占）蔣娘子衣服在此（丑）老身就此告辭（旦）（占）多謝
娘子好美茶又感得寄衣服甚是不當（丑）好說好說

深感殷勤惠我茶　寒衣煩寄到天涯
携燈照我出門去　斗轉河傾月影斜

第二十一齣　痛主

【生查子】（生）人投以木桃、尚有瓊瑤報、五世受韓恩、恩惠知多少、小生委身以事沛公不意借其力勢誅秦以報韓氏今喜秦王子嬰已歸降沛公沛公已爲漢王則吾計成矣目下欲辭漢王歸事韓王倘天意有在韓氏成敗亦未可知正是謀事在人成事在天（小外）報科）有事不敢不報無事不敢亂傳稟軍師爺知道（生）怎麼說（小外）韓王被項王殺了特來稟知（生）果有此事（小外）小人怎敢說謊（生）天那我韓王被秦滅其國今又被項羽殺其身我好傷感也如之奈何軍士且迴避（小外）丹心戀舊主白地起新愁下（生）我正欲歸事韓王今被項賊殺了如何是好

【蠻牌令】〔生〕君恩怎能報、此恨怎能消、論君父之仇便殺那項賊纔稱下懷可恨一時不能措手欲斬賊奴無措手、但掩面獨悲號、今日我張良無處安身到做了喪家之狗罷罷罷罷也只得終身待漢、却空把棧道來燒、我韓王死於非命這血魂痛不可招、哭得我淚眼枯憔、天那我張良到此地位吾勢已孤吾望已絕為今之計只得依輔漢王誅殺項賊纔見始終為韓也

置身在幃幄　運智出籌謀
五世韓恩重　吾當為報仇

第二十二齣　寄衣

〔丑〕年少佳人惜別離勞吾千里寄寒衣夫君報國丹心熱身體雖寒總不知自家姓蔣乃是張子房隣人也他兩箇娘子央我附寄寒衣訪得此間已是他寓所不免咳嗽一聲〔末〕門外聞聲嗽須知有客來人[illegible]何來〔丑〕在下是你軍師爺的鄉里〔末〕有甚話說〔丑〕[illegible]家裡寄寒衣在此〔末〕既有寒衣待我今進去〔丑〕[illegible]

見你爺一面家中有話說〔末〕既如此待我與你通報〔下〕〔丑〕這漢子好不達時務怎麼就與你拿將進去我的盤纏酒飯都在這衣服上哩〔末上〕大哥俺爺師爺聞得韓王被項王殺了心中不快睡在裡面說道且留下寒衣容日再來相會自有說話〔丑〕這張子房好無禮我遠遠而來直不得出來見我一面道說且夫容日又來我那里討這等閑工夫罷罷你將這衣服拿進去我自回也甜言美語三冬暖一句傷心六月寒〔下〕〔末〕這人好性急就發怒而去了可笑可笑只因心性急不念脚跟勞〔下〕〔丑又上〕人情若好吃水也甜人情不好吃酒也嫌那張子房好生無禮他妻子央我附寄寒衣千里而來不容一見可惱可惱我如今回去報他妻子只說張良被項王殺了使他妻子在家痛哭不安方遂下懷正是

愛之欲其生　惡之欲其死

歸家降此音　妻房哭不止

第二十三齣　追薦

〔滿庭芳〕〔末〕欲往禪宮倩取修齋供莫啚世上往來佛只度人間見在身

藥食惟醫不死病佛家只度有緣人自家項伯是也那范亞父與我姪兒楚王數年同處況是謀臣一旦言不合忿怒而去誰想疽背而亡今楚王遣我到長壽寺裡修齋追薦他軍士何在[衆]聞喚軍士軍士即至將軍有何分付[末]今有范亞父疽背而亡你等各取香燭紙錢往長壽寺追薦他須要隨時前去[衆]金錢紙燭俱以完備了請將軍就此前去

梵宮齋

【六么令】[末]安排齋供、薦亡靈亞父范公、梵王宮殿在山東、紅日近、白雲封、[合]隔林遥聽鐘聲動、[重]

【前腔】[衆]齊登崗隴、望迢迢深藏萬松、蒼苔徑路印行踪、雲湫湫、霧濛濛、[合前]

武人倚武略　弓馬日盈盈

暫解塵中網　山中覓老僧

第二十四齣　妄報

臨江仙（旦）終日憶郎郎不返、淚沾衫袖成班、（占）別離
容易見時難、瑤琴悲別鶴、寶鏡舞離鸞、（旦）畫眉人、八
天涯遠二日
倚樓凝望眼（占）雲深楚塞沉鴈書月冷秦臺隔鳳管
（旦）夫婿久滯他鄉不通音信奈何奈何（占）他爲國忘
家出於無奈請孺人消遣
情懷免省憂煩則箇（旦）
綿搭絮（旦）良人一去竟忘還、使我展轉思量、眼汪汪
淚不乾、況緘緘寄平安、塵積朱絃綠綺、愁傷別鶴離
鸞、（合）欲卜金錢在何時重見面、
前腔（占）相思日漸損朱顏、無奈欝悶塡胸、把潸潸淚
暗彈、怎能勝廢寢忘飡、堪惜鸞單鵠寡、怕歸來月老
花殘、（合前）（丑上）報信登山渡水行千里冒雨搪風歷
萬辛自家今在霸上回來那張子房好生怠慢
我我且把箇死信報他妻子知道出我這口氣此間
已是不免逕入呀二位孺人拜揖（旦占）呀蔣官人回

來了〔丑〕我昨日纔回〔旦〕且喜且喜我前日傾你附寄寒衣可曾到否〔丑〕不要說起〔旦〕卻怎麼說〔丑〕這衣服你官人剛剛穿得一日被楚霸王拿去殺了〔旦〕果有此事〔丑〕嫡嫡真的怎敢說謊〔旦〕呀元來丈夫死了天那〔倒科〕〔丑〕夫妻本是同林鳥大限來時各自飛〔下〕

〔山坡羊〕〔旦〕我丈夫呵 你歷五世爲韓家臣子、散家財交結傑士、你急煎煎爲韓報仇、心切切即欲誅秦氏、誰想伊被奸賊先殺死、血魂杳杳杳杳歸何處、此恨綿綿無絕期、〔合〕悲悽、對西風淚暗垂、傷悲、向斜陽泣暗揮、

〔前腔〕〔占〕萬金產爲韓都廢、千金軀一朝傾逝、影煢煢愁殺寡妻、恨悠悠誰與你承宗祀、細思忖我家門何至此、天那 妾身恨不得隨君死、把舊恨新愁訴與伊、〔合前〕

夫在天涯不見歸 求榮未得禍先隨

世上萬般哀苦事　無非死別共生離

第二十五齣　起兵

【生查子】（生）秦人業已消、漢楚今紛擾、擊鶻破其巢、韓氏仇方報、（所喜漢王拜韓信爲大將此人智略過人可屬大事今日引兵前去擊楚賊且去與他商議軍機却不是好盡我胸中策雪君地下究志銳金猶折心堅石也穿（下）（小生扮韓信上）

【前腔】（小生）胸中蘊六韜、殺氣冲天表、閫外有吾曹、如虎張牙爪、（自家姓韓名信淮陰人也既辱蕭相奇以國士蒙漢王拜我爲大將出背水囊沙之玅策立攻城掠地之奇勳今有楚霸王項羽與漢爭衡故特引兵至此少待軍師子房到來與他商議滅楚之計軍士何在（衆上）天子操國柄將軍掌兵權大將軍有何鈞旨（小生）漢王拜我爲帥爾等各守乃職聽吾指揮少刻待軍師爺到來就要起兵了（衆）得令（生上）運籌畫策憑心腹作勢張威仗爪牙軍士去報（禀科）禀大將軍軍師爺下馬了（小生見生科）昔已誅秦今將滅楚（小生）若欲成龍必須殺虎（生）可知那項羽是

箇虎今若不去殺他吾汝恐犯其爪牙（小生）南山有
虎虎白額吾有烏號弓可射（生）弓可射弓可射請君
須努力（小生）謹當聽教（生）將軍前日項羽內有范亞
父爲腹心外有九江王爲爪牙今范亞父已故九江
王已歸漢則內無腹心外無爪牙矣况今他在垓下
兵少食盡將軍可乘此舉兵前進必唾手而得（小生）
說得有理小將就此起兵（生）將軍起兵山人同覆漢
王去眼望旌捷旗耳聽好消息（下）（小生）衆將過來聽
我號令（衆應科）（小生）與我高扯招軍旗急擂點將鼓
整頓人馬聚集軍士長鎗綠鎗柳葉鎗樣樣完全彤
弓角弓神珮弓件件實備夫兵乃國家興亡之大事
戰乃將卒死生之所關爾等上下同心大小協力如
身運臂如臂使指蹈湯赴火務捨命以忘生掠銳攻
堅不殺降而殺敵見軍勇莫怯見孤軍莫逞敵勢來
急當急擊以挫其鋒敵勢來緩當堅壁以老其志老
弱在前要知他中藏兇勇精兵搏鬬要知他後乏芻
糧或囊沙或量沙或增灶或減竈與我强處是弱弱
處是强目覩揮旌當進令耳聞鳴鼓要鷹揚凡有違
吾軍令者斬走漏消息者斬邀功奪級者斬對陣容
情者斬爾毋不信我無食言殲厥渠魁協從罔治養
兵千日用在一朝
就此起兵前去

四邊靜（小生）築壇拜將恩非小、捐軀幾征討、背水陣實奇、囊沙計尤巧、（合）楚兵已火、勝敵可料、運智在腹心、張威仗牙爪、

（前腔）（衆）昔人增減軍中竈、吾儕可相效、逆覷漢龍飛、豺狠敢當道、（合前）

豺音才

（前腔）（衆）紛紛戎馬馳前道、千軍試一掃、小醜莫爭衡、韜略滿懷抱、（合前）（末上報科）嚴莫嚴於軍令、捷莫捷於飛報、告元帥、軍師爺着小軍來報事。（小生）怎麼說（末）楚霸王今被漢兵圍在垓下、請元帥星火領兵前進（小生）既圍在垓下、衆將士傳令火速進兵（衆）應科

番鼓兒（衆）番家子、番家子、驀地災星照、四面攻圍萬兵環遶、到此怎能逃、隨他奸狡、惡貫滿盈、莫逃天討

紛紛壯士建牙纛　凜凜將軍握虎符
目下欲求生富貴　眼前須下死工夫

第二十六齣　教歌

【生查子】（生）漢楚兩交兵、虎鬬龍爭、除非散却八千兵
遂我平生、如今項羽被漢兵圍在垓下未得收功只
因他手下有八千子弟人人敢勇箇箇當
先所以不能破他我夜來編得一詞名曰楚歌不免
叫衆軍士出來教熟他待風清月朗之際悠揚吹唱
楚兵聞之必思鄉自然散去方遂吾願衆軍何在
（衆上）楚漢兩相爭未分輸與贏忽聽軍師叫兩脚走
如雲軍師爺有何鈞令（生）衆軍士目今破楚未得成
功爭奈霸王手下有八千子弟兵所以不能取勝我
夜來編得楚歌一篇與汝等出來教演精熟待風清
月朗之際向高阜之處悠揚吹唱散去八千子弟兵
方得成功各取一本在
手就此唱演（衆應科）

【耍孩兒】（生）井梧墜葉涼飈爽、（又）最苦是征人可傷、一

從從戍到邊疆、十餘年不返家鄉、也有白頭老母思遊子、（又）也有紅粉嬌妻盼遠郎、那一日不思想、俺這裡愁懷耿耿、他那裡淚眼汪汪、

前腔（生）（衆）嘆爲軍真可傷、嘆爲軍實可傷、日征夜守多勞攘、登山那管山高險、（又）涉水難辭水渺茫、誰敢把軍心來當、日則要披堅執銳、夜則要臥月眠霜、

前腔（生）（衆）棄爹娘出遠邦、撇妻兒歷戰場、只圖一箇功成名就還鄉黨、誰想一心未足身先老、（又）百事無成兩鬢霜、怎不回頭想、直待要兎亡狗死、鳥盡弓藏、

前腔（生）（衆）高堂白髮親、閨中紅粉娘、倚門終日懸懸望、當思養育恩難報、（又）還想結髮情深不可忘、怎忍就

輕撇漾、必竟是魚沉鴈杳、水遠山長、

（前腔）（生衆）勸君家及早還、勸君家休妄想、莫把青春年少在軍中喪、還向野田荒隴驅牛犢、（丈）還向渭水蟠溪泛之釣航、方免得無灾障、我勸伊把鐵衣卸却、早早還鄉、（生）汝等可熟了麼（衆應科）俱已精熟了（生）都退去知事者可留一二人在此你可夜深幽揚之處待楚兵睡了你四下里都唱起來

月明風細夜　吹動楚歌聲

八千兵散去　指日漢邦興

第二十七齣　散楚

散楚軍曲依前唱

第二十八齣　全節

【青玉案】〔淨〕堂堂西楚吾稱霸、抵仗金戈鐵馬、不斬敵人未知罷、你看我目如虞舜、威如周武、管取君天下、我項羽力可拔山氣能盖世平日戰無不勝攻無不克今日兵少食盡被漢兵圍之數重不能解脫俺一生豪氣却斷送在此宵可憾可憾

【玩仙燈】〔旦〕〔上〕訴怨撥琵琶、怎能禁數行泣下、大王萬福〔淨〕虞美人俺一生豪氣却斷送在此宵可憾可憾〔旦〕大王你看漢兵四面攻圍楚兵落落如曉星有此大危其實可耻〔淨〕事已迫矣虞夫人你快去取些些酒來待我飲幾盃〔旦〕待奴家去分付縱飲百壺酒難消一夕愁〔下〕〔淨〕你看我麾下壯士止有八百餘人勢孤力寡如何是好待我再叮嚀將士衆將士聽我分付〔內應科〕〔淨〕與我緊緊把守營門若有驚擾星火報我知道〔內應科〕〔旦〕〔上〕夜長似歲愁方覺事大如山醉亦休大王酒在此了〔淨〕將酒過來待我飲幾盃力拔山兮氣盖世時不利兮騅不逝騅不逝兮可奈何虞兮虞兮奈爾何〔內唱〕

【楚歌】

〔錦上花〕〔淨〕四面起歌聲、〔重〕哽咽凄凉欲斷人魂、看征人看征人、卸甲忙逃奔、呀你聽四面都是楚歌之聲今乃天亡我也亞父亞父呵
〔韓信排兵〕
〔四圍科〕
〔香羅帶〕〔淨〕漢人多楚歌莫不是漢得楚麼、俺到此地位有此大變中途怎知遭坎坷、我想那日鴻門之會若聽亞父之計殺了那人豈有今日之禍只因前日念頭差也愁似海淚如何、天不祐我反困我、〔合〕慨慷悲歌也、虞兮虞兮奈爾何、〔丑上報科〕神龍出世逢蚯蚓若得風雨還上天報大王知道彭越英布領兵前來風聲緊急如何是好〔淨〕不妨傳令與眾將士好生把守營門我自有處置〔丑〕得令一心忙似箭兩脚走如飛〔下〕
〔前腔〕〔旦〕終宵蹙翠蛾、莫愁懶歌、大王只聽得鳴金擊鼓好怕殺人也〔淨〕有我在此不要怕金鼓振天驚膽破、愁魂應是遶天涯也、心痛

戲音族

切淚滂沱、誰料蕭墻生此禍、罷罷不用深嗟也自古道
紅顏勝人薄命多、
錦上花（信）甲乙按東方、（又）人掛青袍馬控青韁、手執
青旗身鎮東方、衆兒郎、衆兒郎青龍陣擺奔上、
前腔（信）庚辛按西方、（又）人掛白袍馬鞚白韁、手執白
旗身鎮西方、衆兒郎、衆兒郎白虎陣擺奔上、
前腔（信）丙丁按南方、（又）人掛紅袍馬鞚紅韁、手執紅
旗身鎮南方、衆兒郎、衆兒郎、朱雀陣擺奔上、
前腔（信）壬癸按北方、（又）人掛黑袍馬鞚黑韁、手執黑
旗身鎮北方、衆兒郎、衆兒郎、玄武陣擺奔上、
前腔（信）戊己按中央（又）人掛黃袍馬鞚黃韁、手執黃

旗身鎮中央衆兒郎、衆兒郎、勾陳陣摧奔上、（衆下）

香羅帶（淨）休持揮日戈、勢如下坡、兵圍數重誰可破、可怜此一去那虞姬呵知他明月落誰家也、時與勢兩蹉跎心、地炎蒸如爇火、（合）慨慷悲歌也、虞兮虞兮奈爾何、

（外上報科）有事不敢不報無事不敢亂傳告大王樊噲王陵又領一支人馬來了（淨）不妨事我曉得了你與我傳令與部下將士乘此黒夜隨我望風衝出重圍再作區處（外）得令龍遭鐵網難舒爪虎落平陽被犬欺（下）（淨）虞夫人俺今晚望風逃去你好生伏侍漢王（旦）大王說那裡話奴家斷不爲人所辱

前腔（旦）綠雲鬟欲鬌、怎當愁懷轉多、可怜好花不結菓、大王倘奴家爲人所辱則大王之辱也笑來不如死休帳中無復奏琵琶也、大王借腰間寶劒與奴家一用（淨）你要寶劒何用取將去（旦）持寶劒再三磨、既要保全自家名節又不敢辱了大王管甚麽花殘并月破、罷罷不用深嗟也、

自古道紅顏勝人薄命多（旦自刎科）（淨）呀虞姬自刎了可惜也可惜也

【哭相思】（淨）粉黛佳人遭此禍恰似綠珠含淚樓中墮

罷罷虞姬自刎不免埋他在淺土中軍士何在（丑外）未得兵分解又聞歌鼓盆（淨）軍士虞娘娘自刎了你等與我擡去埋在淺土快來回話（外）未歸三尺土難保百年身（下）（丑）大王漢兵重重圍裹事已急矣大王早爲活計（淨）如此快看烏騅馬丈八矛過來傳令衆軍士俱隨我潰闈奔出前去

【金錢花】（淨）利兵堅甲無多無多勢孤力寡如何如何回頭不見那嬌娥英銳氣盡消磨人跼蹐馬奔波

求安須復險　懼死怎逃生

躍馬潰圍出　稱此天未明

第二十九齣　追項

【點絳唇】（小生）月淡星稀東方漸曙鐘初起項家之子

定在今朝死、自家韓信是也那項羽被俺漢兵圍在垓下其計窮矣吾聞鳥窮則啄獸窮則懼人窮則詐那厮當此窮迫之際必生奸狡之計俺這里當嚴加防備不可視為泛常（外報科）水深魚漏網風急鳥傷弓報元帥知道那項羽身騎烏騅馬手執金矛從者八百餘人潰圍奔去了（小生）既潰圍而出快傳令衆將急急追上前去

（水底魚）（小生）數匝攻圍、他奔逃去似飛、五千鐵騎、追逐不宜遲（重）

第三十齣　自刎

（丑扮田夫上）鋤田日當午汗滴禾下土誰知盤中飡粒粒皆辛苦這家中不送點心來與我吃且唱一箇山歌着鋤田生活弗為低年年弗免黃泥記得去年在稻場頭滿日痛因吃子箇湯團落子箇皮（淨上

（水底魚）（淨）白刃烏錐、百餘騎士隨、時雖不利須知志未頹、（重）（外）大王天色明矣漢王兵知覺追趕而來衝向是好（淨）果然漢兵追來了你看四面都是埋

草黃沙不知那里是路如何是好〔外〕大王前面有箇田夫問他一聲〔淨〕那廝俺大王在此〔丑荒科〕我只道家中送點心來了誰知是箇大王嚇殺我也〔淨〕你是甚麼人〔丑〕我是箇田螺〔淨〕敢是箇田夫麼〔丑〕田夫田夫〔淨〕那廝不要荒我問你這里甚麼地面〔丑〕是陰陵地面〔淨〕這廝敢是與龍地〔丑〕與龍地與龍地〔淨〕那里是大路〔丑〕大王若問路這左邊一條是大路右邊一條都是去不得的〔淨〕也罷就往左邊去罷若無漁父引怎得見波濤〔下〕〔丑〕這黑臉賊不知殺了多少人豈是箇好人被我哄他在烏江去了淹死這箇黑臉賊知他惡貫滿被我善言歎〔下〕〔小生領衆上〕

〔前腔〕〔小生〕鐵騎騑騑、人人似虎羆、他甘心逃避、安得是男兒、安得是男兒、〔衆將士你看那項羽騎着烏騅馬望風逃去快追上前去〕他甘心逃避、安得是男兒、〔下〕

〔前腔〕〔淨上〕百里驅馳、陰靈路失迷、〔呀〕陷於大澤、被那田父欺、田父欺、你看白水茫茫既不能進又不能退到被那田夫哄了陷在大澤之中如何是好俺手下將士漸漸逃去止有十餘騎可惱可惱罷罷俺自起兵到今八年矣身經七十餘戰未嘗敗北今卒遇於此此天亡我也待漢兵來時與他決一死戰顯我手段〔信領衆將圍定〕〔淨〕來將何名〔小生〕吾乃大漢左丞相天保大將軍關外六國都招討征東破楚大元帥韓〔淨〕你就是那吃食子焉敢無禮〔小生〕項羽你有許多智勇何苦如此奔逃〔淨〕韓信我曾封你執戟郎官官雖不大有功另行陞賞不料爾棄楚歸漢你到如此無禮我與你戰一回顯我手段〔戰生下〕〔衆戰下〕〔淨〕你看漢人被我斬一將一都尉殺軍數百十人逃奔不知其數以此觀之可見天之亡我非戰之罪也俺如今將不欲渡江不能解脫將欲渡江有愧於江東父老〔丑上〕將不在勇勇不在力能勇能怯乃爲上策自家江東亭長是也大王在前不免叅見大王叩頭〔淨〕你是甚麼人〔丑〕小人是烏江亭長〔淨〕有何話說〔丑〕大王江東雖小地方千里亦足王也請大王急渡〔淨嘆科〕天之亡我我何渡爲且籍與江東八千子弟渡江而西今無一人還縱江東父老憐而王我我何面目見之縱彼不言我獨不愧於心乎我不去我不去〔丑〕大王說那里話請急渡烏江

〔撲燈蛾〕〔淨〕英雄志未摧、失志休追悔、天故欲困我於

絃音穩

我有何慚愧也、（丑）那江東是大王的故鄉何不東歸（淨）故鄉雖美、有何面目東歸、時難勢墜、要識進退、罷罷我與虞姬同遊地下復成雙作對、生死兩相宜、罷罷我當自刎而亡庶免爲人所殺九里山前惡戰爭楚歌吹散八千兵烏江不是無人渡恥向東吳再起兵亭長你看漢兵來了（丑）背科（淨）刎科（丑）在那里呀元來大王自刎而亡我自逃生雙手擘開生死路一身跳出是非門（小生上）仰面貪看鳥回頭错認人這里甚麽人拿住了（丑）小人是亭長（小生）是你渡項羽過江去了（丑）小人不曾（小生）如此項羽那里去了（丑）小人要賞錢（小生）漢王有言若得項羽首級者賞千金封萬戶豈在賞錢乎（丑）既如此隨我到這里來這就是項羽（小生）他元來自刎在此（丑）他說羞見江東父老故此自刎而亡了（小生）叫軍士與我擡下去（末）告大將軍他五年圖霸不成請將軍打落他幾句（小生）也說得是

【鴈兒落】（小生）項羽你指望斬三關、定四方、你指望滅炎劉與強項、你指望山河一統歸、你指望天下皆伊王、你

只指望唾手定封疆，誰知你身向烏江喪，拋離了龍鳳宮，冷落了熊羆帳，張良楚歌聲，吹散你八千將，堪也麼傷，虞夫人在那廂。軍士每擡下去

暑往寒來春復秋　夕陽西下水東流

覇王空有重瞳目　不到烏江不盡頭

第三十一齣　封贈

（點絳脣）（小外扮黄門官）月墜瑤天，星移銀漢，鐘聲轉，玉漏初殘，漫把珠簾捲。慶雲籠寶殿，瑞日射金輝，下官乃漢朝中黄門是也，近日漢王即日登位

大封功臣，不免在此伺候

（懶畫眉）（小外）雞鳴紫陌曙光寒，銀漢無聲轉玉盤，絳紗籠燭擁千官，雉尾開宮扇，五色雲中覲聖顏。金瓜武士上

閫外將軍令朝中天子尊
道猶未了衆功臣早列
（西地錦）（生上）（外）萬國山河環拱九重雨露霑濡（小生上）
帝王朝御黄金殿朝臣鵠立階墀（黄門）聖主已登寶
位衆功臣鞠躬三舞蹈
（神仗兒）（衆）明皇當宁（又）膺天曆數喜皇圖一統爲億
兆民物之主三舞蹈拜丹墀三舞蹈拜丹墀
（黄門）奉天承運皇帝詔曰天地有生物之心非雨露
之所施則草木無以成其質帝王有治世之念非將
相之所輔則士庶無以保其生蕭何守關有萬全之
計宜封爲鄭侯陳平遇險有六出奇計宜封爲戶牖
侯大將韓信出師戰必勝攻必取宜封爲淮陰侯樊
噲鴻門之會常怒髮冲冠項羽不敢肆其惡反賜巵
酒宜封爲武陽侯軍師張良有運籌帷幄之功聽其
自擇封以齊之三萬戶欽此欽遵各循厥職謝恩（生上）
臣張良頓首謹啓始起下邳會陛下於留此天以臣
授陛下也陛下用臣之計幸爾時中臣願封留侯足

矣賚三萬戶實不敢當况臣素多疾病今又羸憊曰增請骸骨歸田乞賜玉音感激之至(黃門)聖旨道封卿三萬戶實不為過卿既懇辭更當區處歸田事本不准所請切念卿羸憊許暫歸保養以待宣用(生)萬歲萬歲

(前腔)(衆)深蒙聖主、蒙聖主、歸田恩許、喜從心所欲不枉明良相遇、三舞蹈拜丹墀、拜丹墀、(黃門)聖主罷朝群臣退班

(尾聲)(衆)紅日舉頭天尺五、闕下衣冠沾雨露、萬里風雲遂壯圖、

一統山河已奠安　功臣爵賞聖恩寬
衆中惟有子房子　不屑受封難更難

第三十二齣　餞別

(步蟾宮)(生)自從得遇圯橋叟、一編起我深謀、誅秦滅

楚報韓仇，所喜功成名就。小生張良素多疾病，從虞王入關之後，即導引不食穀矣。今日秦楚皆滅，韓仇已報，素心已遂。昨日拜辭漢王，已蒙恩許，今將收拾回去。聞得蕭韓二位賢侯與我送行，不免在此少待。

【前腔】（外）赤心佐漢功勳茂，吾儕今已封侯。（小生）區區武士愧儒流，冠珮美於甲冑。（見科）子房先生請。（生）二位賢侯請。（外）子房先生今日秦楚已滅，漢業已成，此皆先生之功也。（生）二位差矣，此乃內有相，外有將，相贊成其美，山人何功之有。（小生）何必太謙。請問先生，昨日漢王封侯三萬戶，何不却受？（生）小生素多疾病，今欲從赤松子以求延年却病之術，何必受封。（外）韓賢侯，張先生今日名遂身退，此乃高節也，我等萬不及一，欣羨欣羨。（小生）先生此行不可留矣，當致樽俎奉餞。（生）多謝多謝。（外）左右將酒過來。（淨）帳下武夫聞送別，一時喚起故鄉心。酒在此。（外）奉酒科。

【八聲甘州】（外）江亭綠酒，縱百壺酣飲，難洗離愁。同心

事漢何愆一朝分手、急流幾人能湧退帷幄多君苦運籌、心方遂志已酧、功名富貴等浮漚(合)人間事早卸休、欲從方外赤松遊、

(前腔)(小生)離盃共勸酬、嘆明朝相憶兩地悠悠、暮雲春樹、情到不堪回首、欲尋海中三島客、不慕人間萬戶侯、君將別我莫留、臨岐淚漬驌驦裘、(合前)

(前腔)(生)君將涕淚收、喜朝綱一統、罷劃鴻溝、臣賢君聖、跤昰只今何有、運籌有年功始就、辟穀多時病已瘳、辭金闕出帝州、望二公同力助炎劉、(合前)

(尾聲)(衆)嗟吁贈君何所有、話別河橋惟折柳、他日相思來水頭、(外)我等再送一程(生)不勞再送就此告辭(小生)叫左右點二十名壯士送張爺回府

多謝

水邊楊柳綠煙絲　為贈行人折一枝

惟有東風最相惡　慇勤更向手中吹

第三十三齣　遇石

〔桂枝香〕〔生〕左右趲行前去　功成名就、豪華難久、潛觀倦鳥知還、雲本無心出岫、我想人若腹滿而不知止者必有後患　欲托赤松子遊、〔重〕與青山為友、麋鹿為偶、早知休、宦海深如許、須防有逆流、左右這是甚麼地名了〔雜〕這是濟北穀城山了〔生〕曾記得圯橋老翁有言異日見濟北穀城山下黃石即老夫也左右去山下尋看可有黃石來報我知道〔雜〕啓爺果有黃石一塊〔生〕在那里

〔玉胞肚〕呀　尊師留記、昔圯橋納履訂期、賜微生蝌蚪兵文、與韓王掃除寃恥、與劉滅楚賴吾師、意慘情傷

心痛悲、左右將石與我擡在前面

昔日圯橋遇老翁　今朝山下覩遺踪

從來多少興亡事　惟有青山萬古同

第三十四齣　回家

【臨江仙】（旦）秋月春花能幾度、恨郎久滯皇都、（占）如何不肯舉陶朱、扁舟從泛浪、風月滿江湖、（旦）羞覷戀雙蛺蝶念奴影隻形孤（占）休誇十載食天廚、假饒珎珠好不及細鱗鱸（旦）前者蔣官人來報凶信乃庄謬也當今天下秦宮失鹿漢室龍飛我丈夫輔主成功如何不見回來（占）偃鼠飲河不過滿腹鷦鷯巢林不過一枝昔乃一匹夫今為帝者師理宜知足惜未見機（旦）日長天氣我和你做些針指（占）是如此

【二犯傍粧臺】（旦）坐倚綠紗窓、聊將針線刺繡錦鴛鴦、（內叫賣花）（占）孃人你聽門外是賣花聲（旦）休管賣花聲在門外叫、我無意

鬬紅粧、鳳屑看殘鶯歲變、鴈札來遲知路長、(合)秦宮煨燼楚業廢亡、漢臣何不早還鄉、

(前腔)(占)離思欝衷腸、釀成清淚濕透越羅裳、綠綺朱絃空掛壁、久不奏鳳求皇、誰知堂下操箒婦、暗想天涯傳粉郎、(合前)

(玉井蓮)(生)(上)解却利名韁、今喜得歸鄉黨、左右廻避(旦)(占)呀官人回來了見(科)(生)年來懶逐赤龍飛一旦成名賦式微(旦)萬戶封侯不屑就回來猶着舊時衣(占)君能保全名節滅楚興劉豈非百世偉人(生)孺人久別尊顏且喜無恙(旦)相公前者蔣官人附寄寒衣說你被項王殺了且喜今日又得還鄉(生)那廝怪我不出見他故此虛說孺人你看我家庭前風景

(二犯傍粧臺)(生)桑梓舊門墻、天涯疋馬、纔返紫遊韁、爲四方兵亂後、三徑下菊松荒、(旦)相公天下已定你何不終身事漢(生)孺

人我只恐狡兎死時烹走狗、鳥盡良弓今已藏、(合)秦
宮煨燼、楚業廢亡、漢人今已得還鄉、(生)孺人你與我打掃靜室一間
安排香案我要供奉此石(旦)這是一塊黃石如何要供奉他(生)我當初辭家前去以報韓仇未遂所願偶
遇圯橋老翁授我兵書一卷問其姓名他說異日濟北穀城山下黃石即老夫也今回至穀城山下果見
黃石此乃仙翁之遺跡也故此請回供奉(旦)元來如此香案完備就此拜祀
(前腔)(生)(旦)洗手爇爐香、試將黃石供奉入祠堂、圯橋一
編親授我、從此挾策佐明皇、豺獺且知當報本、恩德
深藏何日忘、(合前)
(賺)(末捧)(詔上)親捧龍章、上有泥金字數行、(生)纔歸也、寒門
何幸沐恩光、(末)子房先生漢王因見你不受三萬戶侯今特賫吉封你爲留侯(生)我張
良懸無虎頭燕頷封侯相、又恐鼠目獐頭不可當、明

爵賞輝光、門第榮鄉黨（末）王音傳降、王音傳降、（末）皇帝詔曰爲人臣者有輔君之大功必受天下之重賞朕起自豐沛誅秦滅楚而子房贊襄之功多矣當封齊三萬户子房堅辭不受茲封爲留侯其妻李氏封留侯夫人妾許氏封爲宜人謝恩

解三醒（生）訪赤松、求脱利鞅、受侯封、又繫名韁、赤心佐漢功不必、勸夔鬯着旆常、須封堂堂將相原無種、更喜瑣瑣門閭倍有光（合）名和望人人敬仰、世世流芳、

前腔（衆）念當年發身草莽、喜今朝賜爵朝堂、躡足附耳言皆從、屈指筭幾星霜、只愁冥冥施繒繳、鳳覽德輝千仞翔、（合前）

委身事漢豈無由　欲爲韓王一報仇

莫訝泥塗視軒冕　素心原不慕封侯

第三十五齣　擒信

（清江引）（淨扮黃門上）宮鷄三唱朝鐘動、玉階前羅塵重、瑞日上瑤臺、祥靄浮珠動、愛南山正對着金門聳、下官漢朝中黃門是也今早有人赴闕上書告韓信反聖上問計于陳平平對曰古者天子巡狩會諸侯陛下第出偽遊雲夢會諸侯於陳信聞天子出遊其勢必郊迎謁陛下因而擒之此特一力士之事耳聖上從其計今將出遊不免在此伺候着（駕上衆隨科）

（畫眉序）（帝）朝罷未央宮、帝主乘春幸雲夢、遂巡行阡陌恣訪民風、翠華旗影動龍蛇、黃金輦聲傳鸞鳳、聖朝一統民歸向、真如萬水朝宗、

（滴溜子）（外扮蕭何上）吾王主吾王主、身居九重、今日裡全

日裡驟出禁中、所喜吾王有命、遊樂傳恩寵、(合)旌旆擁奔走風塵、攄愚獻忠、(淨)來者何官(外)臣鄭侯蕭何俯伏迎候陛下(衆)聖上道來朕欲遊雲夢鄉等隨侍前去(外)謹奉聖旨

(神仗兒)(衆)紛紛車從、(重)前遮後擁、正春明景媚、疑是華胥之夢、(合)風俗美萬邦同、(重)

(滴溜子)(丑)干城將干城將、如羆似熊車、和騎車和騎、雲屯霧濛論王侯將相、天生本無種、(合前)(衆)來者何官(丑)臣樊噲云云(衆)云云(丑)云云

(神仗兒)(丑)天威嚴重、(又)臣心惕悚、念一時武士、俱作明堂梁棟、(合前)

(滴溜子)(末上)風烈烈、(重)旗旛九重、日輝輝、(重)旌旄五

鳳兒祥雲隊裡趨蹌儀從(合前)(衆)來者何官(末)臣乃酇侯陳平(衆)云云(末)云云

(神仗兒)(末)雲車首控、(又)登岡涉隴、奉王音傳示、喜得

隨鑾供奉(合前)

(滴溜子)(小生)臣韓信、臣韓信、夜來有夢、夢不祥、夢不祥、

心懷憂恐、吾王有幸特來此迎奉、(合前)(衆)來者何官(小生)臣三齊王韓

信俯伏迎候陛下(衆)聖旨道來聞得韓信恃强謀反

大逆無道着武士拿下(衆應科)(小生)韓信因該死請

問陛下怎見得韓信謀反(衆)聖旨道有人告汝陳兵

出入反形已具故此拿下(小生)果若人言狡兔死走

狗烹高鳥盡良弓藏敵國破謀臣亡

天下已定吾固當烹(衆)聖旨道韓信

(神仗兒)(衆)身膺厚寵、身膺厚寵、挾剛恃勇、况心懷不

軌、論王法罪當從重、特帶職錄其功、(重)(衆)聖旨道既韓信械繫返駕

回去

雙聲子（衆）人得寵、人得寵、爲柱石作梁棟、一失寵、失寵、把勳業成春夢、建大功、建大功、吐赤忠、吐赤忠、繫馬千駟、食祿萬鍾、

尾聲（衆）朝廷綱紀君操縱、邦家正令臣欽奉、纔得上下相安保始終、（雜）聖旨道訪得韓信又無實跡剗去三齊王只封淮陰侯回家理事（小生）萬歲萬歲萬歲

托遊雲夢去　械繫叛臣歸
平地風波作　丹心終不灰

第三十六齣　訪道

似娘兒（生）一自賦歸休無拘絆身似閑鷗、（旦）（占）天緣分定鴛鴦偶、朝雲暮雨、春花秋月、兩意綢繆、（生）世態紛紛競利名

利名與我一毛輕〔旦〕人心誰肯甘貧賤天道從來忌
滿盈〔占〕無拘束勿蠅營眼前富貴等浮雲〔生〕身居塵
內心塵外保守天和養性靈孺人小生素多疾病今
欲往終南山從赤松子以求長生之術〔旦〕相公神仙
之說涉於荒唐以汝之明哲而篤信乎此豈不見笑
於識者乎〔生〕偷生之說古亦有之神仙之事未必虛
誕吾亦試之熟矣孺人不
必苦苦阻我我一定要去

摧拍〔生〕吾昔在帷幄運籌、佐漢主身臨九州、念人如
水漚、〔又〕無蒂無根、泛泛浮浮、卸却春羅、得遂清修、〔合〕
辭別去、執袂難留、欲從事赤松遊、

前腔〔旦〕君已爲韓王報仇、不屑受三萬戶侯、把人間
事卸休、〔又〕清淨無爲、心慕丹丘、浮世何如物外悠游、
〔合〕前同

前腔〔占〕君手段能修鳳樓、君不欲趨陪冕旒、一朝志

巳酬、（又）抹馬高車遂賦歸休、無欲無求志在瀛州、（合前）

（旦）相公此去不知幾時再得相見（生）丹若成時相見有日矣（旦）倘若丹不成如何（生）小生外丹已成所未成者内丹耳安有外丹成而内丹不成者乎（旦）這也難道（生）孺人你再休阻我我只此一別也

學道修真不顧家　藥爐丹灶作生涯

拂衣大笑出門去　一任東風吹落花

第三十七齣　誘信

（天下樂）（外）昨奉坤宮懿旨、教吾謀戮王侯、暗藏機事在心頭、未許他人参透、畫虎畫皮難畫骨知人知面不知心吾乃酇侯蕭何是也向日韓信有人告他謀反聖上僞遊雲夢擒他回來因無實跡已赦之矣如今又有人告他與陳豨同謀聖上自將兵征陳豨昨日有旨回來着呂后謀殺韓信以此娘娘與吾商議詐稱陳豨戰敗而死哄誘韓信入朝稱賀那時着武士拿下况此事付托下官焉敢泄漏只得約他入朝遲遲行來此間就是韓侯在

麼（小生）

（上科）

（小生）下笑子（生）醉眠風一枕、睡起日三竿、（見科）（外）韓賢侯（小生）你知道麼、知道甚麼（外）聖上將兵去征陳豨且喜陳豨戰敗而死（小生）元來陳豨戰敗而死此事實否麼（外）怎麼不實朝臣俱已稱賀我等亦當稱賀（小生）既如此不宜遲（外）就此請行

憶多嬌（外）叛逆臣已殺身、今作冥冥地下人、到此方能絕禍根、（合）吾輩殷勤、（又）稱賀共入紫宸、

前腔（小生）誅亂臣警萬民、喜見寰中息戰塵、更喜朝廷政令新、（合前）

鳳閣帶龍樓　洋洋王氣浮

萬年天子宅　千古帝王州

第三十八齣　殺信

（丑扮内臣上）帝皇統將征叛臣，皇后臨朝聽政。令俺是漢朝中一箇内臣是也。娘娘有旨，且與金瓜武士分付。武士何在？（雜）白玉階前佇足，黄金殿下棲身。身家乃漢朝中金瓜武士。皇后娘娘今日臨朝聽政，不免在此伺候。公公有何話說？（丑）娘娘有旨，少頃待蕭何韓信入朝慶賀，持節着汝等好生下毒手拿韓信，不是當要。（雜）隨他威加猛虎，俺自有縛虎之力。（丑）正是正是，道猶未了，笙歌一派迎取鳳輦而來。

【憶多嬌】（占）金鳳翅，龍滚袍、聖后垂簾出視朝、仙樂揚揚奏九韶、翠幃飄翠幃飄、鳳輦來從紫霄、

【前腔】閣道遥風（即）饒，禁柳青青白玉橋、宫殿風微燕雀高、旌旆摇旌旆摇、鸞駕降從九霄、（丑）淨鞭三下闔閶門開，聖后臨朝聽政。（外）小生上科

【前腔】（外小生）與舊交共入朝、博帶峩冠意氣豪、敢不傾心效寸勞、環珮招摇環珮招摇、進謁女中帝堯、（丑）聖后已

全像評釋赤松記卷下

登寶位各官上前參賀(外小生上)環珮招搖進謁女中帝堯(丑)來者何官(外)臣酇
侯蕭何(小生)臣淮陰侯韓信恭聞亂臣陳豨伏誅臣
等謹此朝賀(占)韓信心懷不軌大逆無道着武士拿
下(小生)韓信有何罪(占)這厮還不知罪讓與陳豨同謀

前腔(占)你功囿高爵亦高、何乃公然與賊交、遽起邪謀
叛漢朝、罪惡昭昭、罪惡昭昭、斧鉞誅之怎逃、(小生)我悔恨當
初不聽蒯徹之計乃為兒女子所詐豈非天哉蕭何
你害得我好(外)怎麼到是我害你不想當初我薦你
(小生)當初是你薦我今日是你害我

前腔(小生)成也蕭敗也蕭、我死也罷只是枉了我許多汗馬
勞、(呂氏)蕭何恨殺無情兒女曹、我好怨怨氣沖霄、(又)此恨何
時得消、(占)這逆賊休得饒舌朕原情定罪韓信謀逆該斬着武士拏去斬了回話(雜)奉聖旨天作
孽猶可違自作孽不可活(占)就着官兵夷他三族(內應科)

韓信叛逆　情該誅戮
夷他三族　人心纔服

第三十九齣　拿何

（末）侯門深似海風景富於春吾乃蕭府中一箇院子是也俺老爺着我打掃廳堂排設筵席要到此遊賞你看廳前琉璃牆玲玲瓏瓏瑪瑙堦班班駁駁牡丹墀停停儅儅芍藥蘭曲曲斜斜水晶簾捲瓊瑤玉宇層層雲母屏開綉閣香閨隱隱青玉案上鋪陳着珍羞美饌黃金瓮內羅列海簌山肴正是何用別尋方外去人間亦自有丹丘道猶未了丞相爺爺早到

（外上）菊花新　乾坤浩蕩聖恩寬、拜將封侯晚節全、盡我寸心丹、期取銘書竹簡、吾乃鄼侯蕭何是也俺昨日上書闕下請令民人佃長安空地俺將謂處置得宜朝廷如何不報想必不允所請故也這也不在話下早間分付院子安排酒饌娛賞一回院子何在（末）花香酒釀時景美春濃日覆老爺有何分付（外）我已曾分付安排酒饌完備未曾（末俱已完備了(外)我心中不樂快喚女樂過來舞唱一回(末)叫女樂歌唱(雜扮校尉上)仰承天子命來到戶侯家此間就是蕭府了逕入裡面去朝廷有旨(外)有何旨(雜)小的每是校尉不知何事只聞聖上大怒着小的每來拿老爺下廷尉獄去(外)我曉得了我昨日上書請令民人佃長安空地多是爲此惱我(雜)小的每只聞如此不知其詳(外)既如此綁了去罷(雜)小的每不敢(外)說那里話朝廷法度如此(雜)既如此綁了去罷

上書不報反疑猜　誰道禍從天上來

萬事不由人計較　一生都是命安排

第四十齣　途嘆

(風入松)(生)功名富貴、何必苦貪求、機關陷阱都叅透風波險惡須回首、山林下尋幽吊古、紅塵事一筆盡鈎、隨緣分度春秋、解却名韁頓開利鎖從今跳出豺狼伍任他摧碎景陽鐘不須頻聽樵樓鼓、閙逐麋行鬧看鶴舞了無榮辱關心隨搖擺山水樂天真丹成直上清虛府自家幾年助漢今已成功我想榮華如浮雲變態到頭來急難迴避因此棄却妻孥撇下家私徑往終南山尋訪赤松子學道以求延年益壽之術却不是好不免趲行前去

（步步嬌）（生）不愛不貪名和利、紫綬金章棄、麻鞋稱道衣、林下山間把是非迴避、且訪赤松遊、作箇長生計、

（江兒水）（生）暗想淮陰將、不見機、未央宮中却陰人計、彭越黥布誅夷矣、鄭侯繫獄非其罪、多少功臣皆廢、因此棄却家私、尋箇清閑樂地、

自古功高主必疑　此言誠謂是先機

脫身且訪赤松子　避却紅塵是與非

第四十一齣　登仙

（外）口往月來似、梭織天覆地載、如屋廬眼前春水鶯消長心外秋雲愛卷舒老夫黃石公是也聞得張子房尋訪赤松子他但有赤松子却忘了黃石公我好笑他不得我指引焉得見赤松子且在此閑歩一回待他來時盤驗他則箇

（鴈兒落）（外）俺身跨着紫鸞騰下碧煙、九萬里清虛境無多遠、玉京五城十二樓、回首處、杳不聞鷄和犬、呀煉就了汞和鉛、心地裏絕塵緣、甲子何曾記、人來不問年、縱海變桑田、不改俺春風面、那黔首堪憐瞬息間雪滿顛、（生上科）欲覓赤松子前途多白雲要知山下路須問過來人小生到此訪赤松子忽被一道雲氣迷了路頭且向前面問人則箇呀有箇老者在前面不免問他一聲長者拜揖（外）子房何來（生）呀他怎生就曉得我叫子房待我問長者你如何知我叫子房（外）子房眞謂子房也（生）請問長者爲何子房眞謂子房也（外）你還不省得子雖忘我我不忘子子何忘我（生）呀元來把橋尊翁張良失記參拜

多罪【拜科】【生】伏乞恕責【外】請起我且問你爲何到此
【生】小生偶然到此【外】敢非偶然別有心事【生】他必然
知我心事不可瞞他小生不敢欺心到此欲訪赤松
子也【外】你但知有赤松子卻忘了黄石公【生】這又是
張良得罪了【外】這也不在話下你要尋赤松子他踪
跡不定你怎見得他你空走這一遭【生】乞望尊翁指
引一見【外】罷罷不得我引怎得見他隨着我來行行
躋石磴步步踏蒼苔斜穿丹洞去逕喚赤松來赤松
子有客
相訪

【昇仙子】【末上】猿鶴日同行、樂清閑、不求聲聞、【外】赤松子稽首【末】仙
長拜揖【生】大仙張良稽首【末】子房爲何到此【生】小生
素慕仙翁之道窮天地之玄微奪日月之炳煥欲求
一二是以特來【末】老夫久處山林與木石居鹿豕遊
有何道德子誠虛慕耳吾久知子房忠臣也高人也
達士也【生】何以見之【末】吾知子房相韓亦被秦滅欲
報秦仇力輔漢王破關伐秦降子嬰於軹道之旁竟
滅秦邦兩興漢室可謂忠也成功身退非高而何明
哲保身非達而何【外】只今朝中韓信見殺蕭和繫獄
彭越黥布之輩皆不善其終惟有子房跳出利名關
如鴻飛鵬舉孰得而羅制之耶比之衆人眞風馬牛

之不相及也可敬可敬(生)二公如此過稱使小生汗顏、

(玉交枝)(外)紅塵滾滾、知機者能有幾人、鄭侯繫獄淮陰死、彭越黥布無存、欲知何由起禍門、只因戀却黃金印、(合)羨張君明哲保身、(重)

(前腔)(末)狠貪羊狠楚霸王才力過人、到頭來自刎烏江、想應他怨氣猶存、嬴秦欲作萬世君、誰知道咸陽一火成灰燼、(合前)

(前腔)(生)沉潛細忖、生何幸得接至人、追陪仗履嶦幸韻、頓令脫去凡塵、昨非今是霄壤分、想應跳出風波運、(合前)

(玩仙燈)(四大仙上)野服紫綸巾、四老人一般丰韻、(丑)老夫賢公足也（小生）老夫東園公是也（淨）老夫乃綺里季是也（老）老夫乃角里先生是也俺四人避秦隱於商山鬚眉皓然時人稱爲商山四皓向年張子房曾招出定儲王乃是吾輩之故人也聞知他在赤松了處欲與一會以叙舊情此間就是不免徑入（見科）二位大仙稽首（外末）四老翁稽首（衆）子房稽首（生）四仙翁稽首（衆）我四人聞知子房在此特來相訪（生）承枉顧多謝多謝（衆）子房先生清風高節出人頭地欣羨欣羨（生）我張良一介鄙生何出人頭地之有（末）難得子房在此又難得四大老一會且往山明水秀處玩賞一番如何（小生）良辰美景賞心樂事有何不可（末）既如此勿拘禮度不次而行

【山花子】（衆）吾儕會合良非偶、悠然在塵外遨遊、樂清閒傲殺五侯、英豪不入吾眸、（合）養天和吾生可偸、無羈無絆百無憂、無榮無辱何所求、俯仰乾坤飄瓦虛舟、（生悲科）（末）子房吾輩正好遊賞爲何嗟嘆愀然不樂必有其故（生）不瞞大仙說小生叨此勝遊忽想渾家起來以此不覺嗟嘆而有不豫之色（末）你如何眷戀室家塵緣未絕怎得成道（生）小生辟穀多時絕慾久矣但念糟糠之婦不得同此樂耳（末）吾聞子房一妻一妾亦有仙風道氣你要見他不難（生）小生在此妻妾在家相隔千里一時怎得相見（末）吾有縮地之法呪水一道能使千里之地聚在咫尺之間管取你夫妻相見（生）大仙既有神術請一試之如何（末）叫童子取淨水一盂過來（作法步罡噴水科）你看千里江山萬井樓臺漸漸聚在一方也着金童玉女執着幢幡到子房家取二位夫人到此

【前腔】（衆）煙霞縹緲江山秀、忽聞鶴唳雲頭、喜追伴神仙者流、何勝泮渙優游、（合前）

【前腔】（旦占）鸞飛鳳舞天香驟、清風勁節悠悠、念奴家裙釵女流、何當隨從仙遊、（合前）（衆）二位夫人來了（生）可見了列位大仙（旦占）衆位大仙稽首（衆）二位夫人稽首

【紅綉鞋】（衆）功名富貴浮漚、浮漚、人生何必啚謀、啚謀、何須金闕事王侯、休固戀、莫貪求、尋樂處享悠悠、

〔前腔〕（衆）蓬萊閬苑瀛州、瀛州、仙家一遨遊遨遊那
知冬、夏與春秋花不謝水長流猿作侶鶴爲儔
掛冠來訪赤松遊　不慕人間萬戶侯
急流勇退如君少　萬古清名史册留

赤松記下卷終

ISBN 978-7-5010-7422-8

9 787501 074228 >

定價：90.00圓